ミュリエル
野生の貴族令嬢。

強く美しく、人に愛される少女。

「待ってくれ。何かお礼をさせてくれ」

少女は照れながら言う。

「うーん、そしたらさ、誰かいい貴族男子知ってたら紹介してよ。婿がいるんだよね」

「分かった、約束する。……僕でも候補に入れるだろうか？」

アルフレッド
王弟殿下。

森の中でミリーと出会い
運命の恋に落ちる。

「ヨアヒム殿下のご乱心ね。
気絶させてあげなくちゃ。」

――魔女にたぶらかされた
夜会にて。
ヨアヒム王子
衆人環視のなか、
婚約破棄宣言をしていたところ
ミリーに気絶させられる。

「石の民、森の娘ミュリエル。
魔剣での初の獲物を、
アルフレッドに捧げます」
アルフレッドが膝をついて
ミュリエルを抱きしめる。
「無事でよかった」

みねバイヤーン
illust 村上ゆいち
Lady throwing stones
石投げ令嬢
〜婚約破棄してる王子を気絶させたら、王弟殿下が婿入りすることになった〜

Characters

Lady throwing stones
Presented by
Mine Bayern & Yuichi Murakami

ミュリエル・ゴンザーラ

大自然で生まれ育った『石の民』の強く美しい女の子。貧乏領地から王都へ婿を探しにきた。

アルフレッド・ローテンハウプト

ローテンハウプト王家の王弟殿下。大の女性嫌いだったがミリーに出会って初めての恋を知る。

ヨアヒム・ローテンハウプト

第一王子。
婚約破棄の現場で事件が起こる。

イローナ・サイフリッド

大商会の娘。
ミリーが王都で初めて仲良くなった。

パッパ

イローナの父。
大商会の天才商人。

ロバート・ゴンザーラ

ミリーの父。男爵。
領民に慕われている。

CONTENTS

Presented by
Mine Bayern & Yuichi Murakami

Lady throwing stones

1. プロローグ

Lady throwing stones

抜けるような青い空が、僕より背の高いトウモロコシ畑の隙間《すきま》から見える。収穫を目前に控えたトウモロコシは金色の房《ふさ》が垂れ下がり、緑の葉の間から弾《はじ》けそうな黄色の実をのぞかせている。暑さを失った爽《さわ》やかな秋の風が、切れそうに鋭い葉を揺らす。

僕の手を引き、優しくトウモロコシの実をなぞっているミリーが僕を振り返る。

「そろそろ、収穫だね。茹《ゆ》でても焼いてもおいしいよ。楽しみだね」

屈託《くったく》のない笑顔に、胸が苦しくなる。この気持ちを青空に、森色の瞳《ひとみ》に大声で叫びたい。だが、まだだ、まだ早い。僕はつとめて穏やかな表情でミリーを見る。目が合うと照れくさそうにトウモロコシの方を向いてしまう、僕の愛《いと》しい人。もっと、もっと僕を見て。

トウモロコシ畑を抜けると、徐々に道が消えて行く。深く豊かな森の入り口に着くころには、すっかり道はなくなった。ひとりでは迷ってしまいそうだな。つなぐ手をしっかりと握りなおす。

ミリーの口の端が少し上がる。

顔に当たる葉っぱをよけ、髪にひっかかる枝を払いのけ、土と草木の匂《にお》いに包まれながら静かに歩く。目の前に輝く湖が姿を現した。ミリーが嬉《うれ》しそうに僕を振り返る。

「アル、静かに。ほら、あそこに白鳥がいるでしょう。春に産まれたヒナがすっかり大きくなってる。かわいいね。いち、に、ああ、ちゃんと六羽いるね。よかったー。無事ここまで育ったんだね」

ミリーが、かわいくて仕方がないといった風に灰色のヒナを見て笑う。僕はそんなミリーが愛しすぎて、目をつぶって耐える。

「二年ぐらい親と一緒に暮らして、羽がほとんど白色になったら親と別れてどこかに飛び立つの。親鳥は春から秋はずっとここに住んでるの」

手をつないだままのんびり湖岸を歩く。つとミリーが歩みを止めた。

「えっ？」

「あ、雁《がん》がいるね。あれは渡りの雁だから、食べよう」

ミリーは僕の手を離すと拳大《こぶしだい》の石を拾い、ふたつ続けて投げる。石は首と胴体の境に当たり、二羽の雁が倒れた。群れは一斉に飛び立つ。

「よしっ」

ミリーは子どもみたいに飛び跳《は》ねる。

「一羽は丸焼き、もう一羽は腹に詰め物して焼こう。どっちもおいしいよ。羽毛はアルの掛け布団《ぶとん》にしようね」

僕は思わず腹を抱えて笑ってしまう。

「ど、どうしたのよ、急に」

「いや、ははは。ミリーは最高だよ。僕も石で狩りができるようになれるかなあ。教えてくれる？」

「いいよ。あ、でも白鳥は狩っちゃダメだよ。領民に愛されてるからね」

「分かった。ははは、ミリーといると、楽しみが尽きないよ」

我慢できなくてミリーを抱き上げてクルクル回った。止まってからじっとミリーを見つめて、ほんの少し本音をこぼしてみる。

「僕の最高の奥さん。僕のこと、早く好きになってね」

「う、うん。もう割と好きなんだけど」

僕の胸が温かくなった。そっとミリーの頬《ほお》にキスをする。

＊＊＊

ミュリエル・ゴンザーラは十五歳、王都から遠く離れた弱小領地で生まれ育った。父、ロバート・ゴンザーラは領主であり男爵だ。

とにかく小さな領地である。領民はせいぜい千人。最も栄えたときでも三百世帯というこじんまりさだ。領民全員が知り合いであり、家族のようなものだ。

産業はない。農耕と狩猟でなんとか糊口《ここう》をしのぐ、ギリギリの生活である。

「いいか、ミリー。王都ではみんな靴を履いている」

「夏も？」

「そうだ」

「それは暑そうだね」

ここでは、冬以外は裸足《はだし》だ。なぜなら靴がもったいないからである。靴は特別なときに大切に履くものだ。

「王都では女性は皆スカートを履いている」

「狩りに行くときはズボンだよね？」

「王都の女性は狩りはしないんじゃないか」

「じゃーどうやって食べていくの？」

「買うんだ」

「買う」

「店に肉も野菜もパンも売っている」

「行商人が毎日来るってことだね」

「違う。店があるんだ」

「ふーん」

ミュリエルの領地では、作れる物は手作りし物々交換する。お金で払う人はほとんどいない。お金は税金を納めるときに必要なので、大切に置いているのだ。

靴や布など、領地で作れないものは、行商人が来るのを待って買うのだ。そのとき、自分たちが作ったチーズや毛糸、狩った獣《けもの》の革や野菜なども売る。こうして貴重な現金を得るのだ。

領地には店は一軒しかない。物々交換では手に入らない物を取り扱っている。薬や武器、本など個人では取引きできない物を高値で売っている。大事な店なので、領主の弟が経営している。

この店が仕入れに行くときに、ついでに手紙なども送ってもらえる。隣の領地の郵便屋に持って行き、そこで預かってもらっていた郵便物を受け取るのだ。

叔父の店のようなものが、王都にはたくさんあるということか。ミュリエルにはいまいち分からなかった。

「ひえっ」

「王都ではなんでも買える。だからなにかと金がかかる。まずこれがお前の家賃だ」

父が銀貨をひと山、ミュリエルの前に置いた。

「お前の生活費」

「ひうっ」

「お前の学費」

「ぎゃー」

「お前の旅費」

「ひえぇぇ」

ミュリエルの前に銀貨の山ができた。

「分かるな?」

「分かった」

父が厳しい目でミュリエルを見る。

「とにかく金持ってる男をつかまえろ」

「はいっ」

ミュリエルは真剣な顔で答えた。

「金も大事だが、技術はさらに重要だ。毎朝、毎晩、復唱しろ。医学、法律、測量、土木などの知識を持つ健康な婿《むこ》をつかまえる。持参金は多いにこしたことはない」

ミュリエルはのけぞった。思ってたよりはるかに条件が厳しい。

「いやいや、父さん。ねえ、現実を見てよ。目をよーくおっぴろげて見てよ。こんなたいした顔でもなく、薄っぺらい体で色気のない私だよ。そんな有能な男がつかまえられると思う？」

「思わん」

「ですよねー」

「だが、なんとかしろ」

「そんな無茶な」

父は少しも譲歩しない。

「お前の婿の持参金で、農耕馬を買おうと思っている。そうすれば翌年の収穫が期待できる。ひもじい思いをする民が減るな」

「えぇー」

「今年の税収は治水事業できれいさっぱりなくなった。お前の婿の持参金で、城壁を修理できれば、魔物の侵入が防げる。民の命が救えるな」

「ううー」

「もしお前の婿が医学に通じていれば、病気で苦しむ民が減るな」

「まーねー」

「お前の姉、マリーナは優秀な税理士をつかまえたぞ。おかげで私の書類仕事が大幅に減った」

「だってマリー姉さんは美人だし、胸も大きいし、ねえ……。私じゃ無理無理」

父が奥の手を出してきた。

「いいか、村のばあさん連中がな、お前に特別な秘技を授《さず》けてくれるらしい。門外不出の媚薬《びやく》もくれるらしいぞ。とにかく、どんな手段を使ってもいいから、技術と金を持ってる健康な男をつかまえてくるんだ」

それが親の言うことですか、ミュリエルは懸命に反論したけれど、父はがんとして譲らなかった。

2. 魅力ってなんですかね？

Lady throwing stones

ミュリエルの前にばあさんが五人座っている。

「よう来なさった、姫さま。さあ、こちらにお座りなされ」

ミュリエルは真ん中の椅子《いす》に座った。全方位から見られて、落ち着かないことこの上ない。

「姫さまはこれから大任を果たされる。それを我らの知恵と術でお助けしたいと思っております」

「はあ」

「姫さまは心根の優しいお方だ」

「少々お転婆《てんば》が過ぎますがの」

「姫さまはかわいらしいお顔だちをされておる」

「よく見ればの」

「姫さまは肌がぴちぴちじゃ」

「日焼けしすぎじゃがの」

「姫さまは脚がまっすぐで美しい」

「背が高すぎるがの」

「姫さまはよく引き締まったいい体をしておる」

「胸は物足りないがの」

「ちょっとー、ちょっとちょっとー。さっきから、上げて落とすのやめてよね」

ミュリエルはたまりかねて叫んだ。

「現状を把握してこそ、正しい対策が取れるのですよ」

「むー」

「母君が厳しくシツケられたので、姫さまの所作は問題ないでしょう」

「よかった」

「ただし、もちっと色気をなんとかせねば、男は釣れません」

「はあ」

「秘技そのいち。腕を前で交差させて胸に峡谷《きょうこく》を作る」

ばあさんの動きに合わせて、ミュリエルもやってみる。ばあさんたちがため息を吐《つ》いた。

「あかんな」

「あかんわ」

「失礼だな」

確かに、ささやか過ぎて平原だが。ばあさんに文句言われる筋合いはない。

「孫娘がなんちゅーか、寄せて上げるなんたらを持っております。それで見事、行商人の息子をたぶらかしました。もう結婚したから不要でしょう。姫さまに譲るよう、言っておきます」

「はあ」

「秘技そのに。物を取るときは、遠い方の手で取る」

「どういうこと？　ああ、さっきみたいな感じか。腕を交差させて取ればいいのね。なんで？」

「その方が色っぽいのですよ」

「へー、めんどくせ」

「これっ」

いちいち遠い方の手で取ったら、時間かかるじゃないか。

「秘技そのさん。殿方をとにかく触る」

「ええーヤダー」

「さりげなく、肩に手を置くぐらいでよろしい」

「むー」

ミュリエルは飽きた。

「もういいよー。どうせ取り繕《つくろ》ったところで、すぐ化けの皮はがれるもん。このままの私を好きになってもらえばいいもーん」

「真理じゃ。そのままの姫さまを愛してくれる殿方をつかまえてくだされ。ですがの」

ばあさんにヒタと見つめられる。

「肉をそのまま焼いてもうまくない。塩がいる」

「確かに」

「塩ぐらいはつけなされ」

「はあ」

ミュリエルは歯を食いしばって、ばあさんの特訓を受けた。ようやく合格ができた頃《ころ》には、すっかり日が暮れていた。

ミュリエルはよろよろと家に帰ると、もう夕食の時間だった。

「わーい、いただきまー」

「待てーい」

「え？」

「『王都で気をつけるべき十か条』を覚えてからだ」

「えええええーーーー」

泣きながら覚えるミュリエルからそっと目をそらして、家族は食事を始める。

「父さん、あんまりだよ」

「お前は食事がかかってるときが、一番能力が高まる」

「う」

家族全員が頷《うなず》いた。ミュリエルはヤケクソになって覚えた。やればできるミュリエルである。

＊＊＊

そんな、役に立つのかはなはだ疑わしい特訓を終えたのち、いよいよミュリエルは王都に旅立つ。

ミュリエルを王都に送っていくためだけに、わざわざ馬車は出せないので、王都行きの行商人に同行させてもらうのだ。

父と行商人が激しい攻防を繰り広げている。

「銀貨十枚、これ以上はビタ一文まけられませんな」

「いやいや、このミュリエル、大変腕が立つ。護衛代わりになる。なんなら、護衛代として銀貨十枚払ってもらいたいぐらいだ」

「そんなまさか、あんな細いお嬢さんが」

父に目配せされ、ミュリエルは力こぶを作る。

「どうです、あの筋肉。切れてる！」

「いや、服で見えません」

ミュリエルが服を脱ごうとすると、弟たちに羽交いじめにされた。

「では、そちらの護衛の方と手合わせしましょう」

「いいんですかねぇ。では、やってみてください」

大男がとまどいながらミュリエルに近づく。ためらいがちに伸ばされた男の腕をつかむと、ミュリエルは腕をねじりながら後ろ側に周り、男の首に短剣を当てる。

「これでいい？」

行商人は口をパクパクする。

「しかし、馬がないのでしょう？　それに食糧も」

「確かに馬はないが、食糧は調達できます」

父が上を見る。ミュリエルは石を拾うと渾身《こんしん》の力を込めて投げた。

ドサッ
「カモですね。焼けばうまい。ミュリエルはなんでもさばけます」

「クッ……では、銀貨五枚お支払いしましょう」

父と行商人はガッチリと握手する。

行商人が取り出した銀貨を、ミュリエルは父の手に渡る前に取った。

「毎度あり」

「ぐぬぬ」

「私の報酬だよねー」

「しかし、お前の王都行きにどれだけつぎ込んだと……」

「あなた、ミュリエルにあげなさい」

「はい……」

父は母には勝てない。

ミュリエルは旅行カバンを荷馬車に積み込むと、家族全員と抱き合った。

「元気でね」

「手紙書いてね」

「辛《つら》くなったら帰ってきなよ」

「手ぶらで帰るのは許さん」

「あなた」

ミュリエルは涙を拭《ふ》きながら荷馬車に乗る。

「姫さまー、金持ちをお願いしまーす」

「医者、医者がいいでーす」

「寄せて上げるアレ、必ず使ってねー」

「できれば複数人連れてきてくださーい。わたしの分もー」

領民が城壁に立って盛大に見送ってくれる。

ミュリエルは黙って拳《こぶし》を空高く突き上げた。

3. 全てを持つ少女

Lady throwing stones

たまに魔物に襲われたりもしたけれど、特に問題もなく王都に着いた。

「みんな、ありがとね。気をつけてね」

「おー、ミリーも元気でな。いい男つかまえるんだぞ」

「はーい」

行商人や護衛と別れると、ミュリエルは初めての王都に足を踏み出す。

「石畳《いしだたみ》だ！」

領地には舗装《ほそう》された道なんてなかった。

「えーパン屋がある。うわー肉屋がある、ええー魚屋までー。見たことない魚がいっぱい、おいしそう」

あっちへフラフラ、こっちへヨロヨロしながらミュリエルは王都を歩く。田舎《いなか》もの丸出しである。

「うわー、父さんが言った通り。みんな靴履いてる。お金持ち〜ひょえー」

もちろんミュリエルも靴を履いている。決して裸足《はだし》でウロウロしないよう、母に言い聞かされた。

「それにしても、赤とか青の靴があるとは思わなかった。しかもあんな細いカカトでよく歩けるな」

ミュリエルの靴は茶色の編み上げ靴だ。領地で靴といえばこれ一辺倒だ。ミュリエルは靴屋の前で立ち止まる。芸術品のような靴が飾られている。

「王都はすごいな。石畳に色んな店に、森では履けない靴。王様はさぞかしたくさん税金をもらっているのだろう」

うらやましい……。領地との差に愕然《がくぜん》としていると、絹を引き裂くような叫び声が聞こえる。

「キャーーー、誰かー、引ったくりよー。そいつ止めてー」

声は通りの先の方からだ。目をこらすと、男が女物の小さなカバンを持ってこっちに走ってくる。

「テイッ」

足をかけて男を転ばした。アゴを蹴《け》り上げてから、腹を踏む。

ものすごーくノロノロと少女が走ってきた。少女は男の股間を踏んでから、カバンを取り返す。

「あ、ああ、ありがとう!! ありがとう。ありがとう」

目のパッチリ大きいお人形さんのような少女が、ミュリエルの手を握りお礼をする。

さすが都会は、女性がいちいち垢抜《あか》けている。ミュリエルは少女のまぶしい笑顔に釘《くぎ》づけになった。なんだかいい匂《にお》いがする。スンスン、ミュリエルは乙女《おとめ》の香りを楽しんだ。

衛兵が走ってきたので、事情を伝えてのたうち回っている男を渡す。

「お嬢さん、ご協力を感謝します。ですが、危ないので今後は我々にお任せください」

キリッとした衛兵が、渋い顔をして注意する。

「はーい。……あのう、あなた、年収いくらですか？ 奥さんいますか？」

「はっ？ えーっと、急ぎますのでこれにて失礼します」

衛兵はうろたえながら引ったくりを連れていく。

「ああ、健康な男がー」

ミュリエルの伸ばした手はむなしく宙をつかむ。その手を少女がキュッと握った。ふたりは道の真ん中で両手をつないで見つめ合う。男と女であれば劇的な愛の場面になるであろう。

「あのっ、アタシ、イローナって言います。ぜひ、そこのカフェでお礼させてください。おいしいケーキがあるんです」

「はいっ」

ミュリエルは満面の笑みで頷《うなず》いた。

「ここは、貴族のお屋敷ですか？」

キンキンキラキラした店内に、ミュリエルの緊張は最高潮だ。どうしよう、高位貴族のお屋敷だったら……。

「あはは、違いますよー。うちの父がやってるカフェです。おかげさまで人気店なんですよ」

「はわー、都会ってすんごいですねー」

ふたりは個室に案内された。椅子《いす》がフワフワで心もとない。どこまでも沈んでいきそうだ。

「なんでも好きなものを注文してくださいね。ご馳走《ちそう》しますから」

「はいっ」

ミュリエルはメニューというものを眺《なが》めている。なんだか色々な言葉と数字が書いてある。

「あのー、このダドラス紅茶って……」

「これ、人気ですよ。ミルクを入れるとおいしいの」

「はあ……。この五っていう数字はなんですか？」

「銅貨五枚ってことよ。あ、でもお金は気にしないでね。父の店だから、無料だから」

ミリエルは混乱した。紅茶に銅貨五枚とはどういうことだろう。紅茶というものは、葉っぱとお湯からできているはず。葉っぱを乾燥させる手間はあるにしても、ほとんどタダみたいなものだ。一年分の葉っぱがもらえるということだろうか？

「ケーキはこれが一番人気ですよ」

「イチゴのショートケーキ、七。七？　銅貨七枚？」

「そう」

それはどんな大きさのケーキなのだろう。丸ごときたら困るな。いや、食べられるけども。

期待でワクワクするミリエルの前に、繊細な器に入った紅茶とケーキが並べられた。

ちっちゃいな！　いやいや、おかわり自由ってことよミリエル。落ち着いて。ミリエルは深呼吸した。

「砂糖入れます？」

「砂糖？」

「ええ、紅茶に砂糖入れますか？」

砂糖、それは年に一回、誕生日にだけ食べられる甘味！

「おおおお、お願いします」

イローナは少し驚いた顔をしながら、スプーンで砂糖を入れてくれた。

なんとっ。ミュリエルはカッと目を見開いた。このような白くてサラサラの砂糖は見たことがない。ミュリエルが食べたことがあるのは、カエデの樹液を煮詰めたものだ。甘くておいしいけど、茶色くてもう少し粒が大きい。

カエデ砂糖はとにかく作るのが大変だ。樹液を煮詰めて煮詰めてずーっと煮詰めてできるのだ。誕生日には、その貴重なカエデ砂糖を、ほんのひとさじ、家族が見守る中なめるのである。年に一度だけ味わえる至高の味。

それが、たった今、ミュリエルの紅茶に入った。ミュリエルは興奮を押し殺し、イローナの真似《まね》をして上品にスプーンでかき混ぜる。

「いただきますっ」

ミュリエルは腹の底から声を出した。イローナはあやうく紅茶を吹き出しそうになっている。

「あ、ごめんなさい。うちはいつも、食べ物への感謝を込めて全力で言うことになっていて……」

イローナが笑ってくれたので、ミュリエルはそーっと紅茶を飲む。

甘い！　なんと甘い！　甘い！

久しぶりの甘味に、ミュリエルの語彙力《ごいりょく》が死んだ。

「ケーキも食べてくださいね」

ミュリエルは震える手でフォークを握った。

うまい！　甘い！　もう終わった……。

ふた口で食べ終わり、ミュリエルは悲しくなった。いや、おかわりがくるはず。

……こない。

「違うケーキも食べます？」

「はいっ」

ミュリエルは遠慮せずに次のケーキもふた口で平らげた。食べ終わったあと、はたと気づく。もしかして、たった今ふた口で食べたちっちゃなケーキが銅貨七枚？

さーっとミュリエルの顔から血の気がひく。

「ごめんなさい！　こんな高価な食べ物、ふた口で食べちゃって」

ミュリエルは机に手をついて頭をさげた。

「えー、大丈夫、気にしないで。売れ残ったら捨てちゃうんだから、どんどん食べて。あ、でもケーキばっかりだと気持ち悪くなっちゃうかな。何か軽食を出してもらうね」

ミュリエルにはイローナに後光がさして見えた。お金持ちで優しくてかわいい。自分にないものを全て持っている。

イローナは聞き上手でもあった。あっという間にミュリエルの全てがつまびらかにされた。

「あはは、おっかしい。ミリーのお父さん、サイッコーだね」

「えー、そうかなー。娘に期待しすぎだよ。そんな男、どうやってつかまえろっていうのよ。無理無理」

ふたりはすっかり打ち解けた。

「協力したげるよ。一緒にいい男みつけようね」

「うんっ」

王都に着いて一日目で友だちができた。これは全ての領民から褒《ほ》め讃《たた》えられる案件ではなかろうか。ミュリエルは手紙を書こうと決めた。

4. 肉の都

イローナの豪華な馬車で、王都でお世話になる老夫婦の家に着いた。母の乳母《うば》だった人らしい。こじんまりとした家だ。ミュリエルは元気に扉を叩《たた》いた。

「こんにちはー。ミュリエルでーす。開けてくださーい」

大声で叫ぶ。通りをゆく人たちにギョッとした顔で見られた。しまった、つい領地のクセでやってしまった。確か都会には呼び鈴というものがあるって、マリー姉さんが言ってたっけ。よく見ると、扉のそばに呼び鈴があるではないか。ミュリエルは壊さないように、そうっと鳴らした。

カランコロンカラン

「はいはい。どちらさまですか」

優しそうなおばあさんが出てきた。

「ミュリエル・ゴンザーラです。今日からお世話になります」

「まあまあまあ、マチルダです。ロバート様にそっくりね」

「え、それは……イヤだ」

「あら、ほほほ。シャーリーちゃんに似てるって言う方がよかった？」

シャーリーちゃん？　ああ、母さんか。シャルロッテでシャーリーちゃんか。似合わない……。

すさまじい美人だけど、剛腕で領地中の男から恐れられている母さんが、シャーリーちゃん。

ぐっ……。

ミュリエルは吹き出しそうになって、必死でこらえた。

「そ、そうですね。母さんは美人なので。……やっぱり似てませんよね？」

「ええ、まあ……つもる話は中でしましょう。もうミュリエルちゃんの部屋は整ってるのよ」

「あ、ミリーって呼んでください。ちゃんづけされると、体がムズムズします」

マチルダが二階の部屋に案内してくれる。

「うわー、す、すごい……」

少女趣味……。ピンクと白の小花の壁紙に、ヒラヒラレースの白いカーテン。ピンクのベッドカバー。わー、似合わなーい。

「かわいらしいミリーにピッタリだわ～」

「あ、そうですか？　ははは」

ま、そういうことにしておこう。

「落ち着いたら下でお茶にしましょう」

マチルダはそう言うと、下に降りていった。

荷物は少ないので、あっという間に片づいた。ミュリエルはお腹《なか》に巻いている布をはずすと、中から銀貨を出す。

「重かった……。父さんが絶対に肌身離さず持っていろって言うから」

でもさすがに毎日これを持って学園に行くのはイヤすぎる。

ミュリエルは小分けにして、部屋のあちこちに隠した。

髪をキレイになでつけて、ミュリエルは足取り軽く下に降りていく。

「どうぞ、お納めください」

ずずいっと家賃の銀貨をふたりに差し出す。

「あらあら、まあまあ、こんなにたくさん。いらないって言ったのに、ねぇあなた」

マチルダと旦那のジョニーが顔を見合わせる。

「いいえ、これから長い間お世話になるのです。まったく足りていないと思います。足りない分は体で払います」

ごふっ　ジョニーが紅茶を吹き出した。

「あ、労働でって意味です。私、料理も洗濯も薪割《まき》りも狩りも、ひと通りなんでもできます。どうぞ、家のことは全て私にお任せください」

ミュリエルはどんっと胸を叩いた。

なんと言っても、紅茶一杯が銅貨五枚もする場所だ。銀貨ひと山では、ニワトリのエサ代にもならないだろう。

「ほほほ、そしたら、お手伝いしてもらおうかしら。わたし最近ひざが痛くて。階段の昇り降りが辛《つら》いのよ」

「お任せください」

翌朝から、ミュリエルは張り切って働いた。井戸から水を汲《く》み、静かに床を清める。ついでに窓ガラスもピカピカにする。

裏庭のニワトリにエサをあげると、たまごをカゴに集める。薪を割って、壁際《かべぎわ》に積み上げる。畑の雑草を抜き、朝食用の野菜を収穫する。

壁板がはがれかけているところは、あとで直すことにする。場所をしっかり覚えた。

台所の机を拭《ふ》き、鍋と銀食器を顔が映るまで磨《みが》いた。お湯を沸かし、包丁《ほうちょう》をシュッシュと研《と》いでいると、後ろに気配を感じる。振り返るとマチルダが目を丸くして見ている。

「キャッ」

マチルダが飛び上がった。視線が包丁に釘《くぎ》付けだ。ミュリエルは慌《あわ》てて包丁を引き出しに戻す。

「ごめんなさい。起こしちゃいました？　すぐ朝ごはん作りますね。目玉焼き、茹《ゆ》で卵、炒《い》り卵のどれがいいですか？」

「まあまあ、ミリー。こんなにしてくれなくていいのに。着いたばかりで疲れてるんだから、今日ぐらいはゆっくり寝たらいいのに」

「いえ、そんなことをしたら、母さんにぶっ飛ばされます。さあ、座ってのんびりしててください。すぐお茶いれますね」

お湯は沸いてるので、すぐにお茶をいれる。

「まあ、おいしいお茶だこと。さすがね、シャーリーちゃんに厳しくシツケられたのね」

「はい。おいしいお茶はいい男への第一歩だそうです」

「ほほほ。学園は明日からよね。今日はどうするの?」

「今日は街をぶらぶらして、夕食の材料を調達してこようかなって」

「あら、いいわね。楽しんでいらっしゃい」

片づけはやるからとマチルダに押し切られたので、ミュリエルは早速探検に出かけることにした。

街はおいしい匂《にお》いでいっぱいだ。父は、王都は肉の都だと言っていた。素晴らしいではないか。肉の都、最高の響きである。

ミュリエルは肉の焼ける香ばしい匂いに引き寄せられ、フラフラと屋台に近づく。屈強な男たちがなにやら注文している。

「ソーセージパンひとつ」

「はいよ。銅貨五枚ね。カラシはそこにあるから」

男は銅貨を渡すと、ソーセージにカラシを塗る。拳大《こぶしだい》の丸パンの間に、小ぶりのソーセージが三本挟んである。男は大きく口を開けるとガブリとかぶりついた。

ジュルリ　ミュリエルの口からよだれが垂れそうになった。おいしそう。

ついさっき多めの朝ごはんを食べたばかりだというのに、ミュリエルのお腹はアレを食わせろとグルグル吠《ほ》えている。

銅貨五枚……。

ミュリエルの両親はとてもとてもケチだ。

「お前の小遣《こづか》いは領民の税金から出ている。硬貨一枚が領民の血液だと思って使いなさい」

幼い時からそう言われて育ってきた。そんなこと言われたら、無駄遣いなんてできるわけがない。

行商人が来たとき、ミュリエルは小さな人形をお小遣いで買ったことがある。

母は許してくれたけど、父は渋い顔をした。

「お前の小遣いだ、好きに使えばいい。その人形、銅貨三枚だな。銅貨三枚の税金を払ってくれた領民に感謝してから買え」

ミュリエルは父に言われて、そばにいた三人の領民にお礼を言った。

「トムおじさん、メグおばさん、アンおばあさん、ありがとうございます。お人形買ってもいいですか？」

三人は笑って、もちろんですよと言ってくれた。その人形は今でもミュリエルの宝物だ。王都にも大切に持ってきた。

銅貨五枚……。色っぽい女になるための秘技を授《さず》けてくれた、五人のばあさんを頭に思い描く。

ミュリエルはソーセージパンをきっぱり諦《あきら》めた。

「よし、狩ろう」

確か、王都のはずれの方に、湖があったはずだ。水辺には動物が集まる。

ミュリエルは肉、肉〜と鼻歌を歌いながら軽《かろ》やかに歩き出した。

「いるいる」

湖のほとりで水を飲んでいる鹿の群れを見つけた。風下からそーっと近寄ると、前もって拾っておいた石を投げる。

「よっしゃー」

ミュリエルは倒れて痙攣《けいれん》している鹿に近寄ると、短刀でとどめを刺す。服が汚れないように気をつけて血抜きをすると、湖でよく手を洗った。

意気揚々《ようよう》と鹿を担《かつ》いで街なかに戻ったとたん、ミュリエルは自分の失敗に気がついた。しまった。そういえば王都では女性は狩りはしないんだった。行き交う人々が青ざめてミュリエルに注目している。

「お嬢ちゃん、その鹿どうしたんだい？」

冒険者っぽいおじさんが声をかけてきた。

「さっき湖で狩ったの」

「へーたいしたもんだ。どうやって狩ったんだい？　罠《わな》かい？」

「石を投げて」

「石！　そりゃすごいな。へー、やるじゃないか。それで、その鹿どうするんだい？」

「家で解体しようかなって」

「そうか、解体もできるとは立派だねえ。肉屋に持っていけば、解体して買ってくれるよ」

「ホント！」

「ああ、それ全部も食えないだろ？　食べる分だけもらって、解体料を差っ引いた金をくれるさ」

親切なおじさんは肉屋まで連れて行ってくれた。なんと鹿は銀貨五枚になった。

「ボロい、ボロすぎる」

ミュリエルは手の中の銀貨を見て呆然《ぼうぜん》とつぶやく。よし、これで儲《もう》けよう。ミュリエルは狩りで金儲けをすることに決めた。

今度、ソーセージパン食べるんだ。ミュリエルは鹿肉を持って、家まで走って帰った。

5. ドキドキの学園生活

Lady throwing stones

嬉《うれ》し恥ずかし、初めての学園生活である。ミュリエルは掲示板に貼ってあった組分け表を見ると、教室まで全力疾走《しっそう》する。

「イローナ！」

「ミリ～」

ミュリエルは飛びついてきたイローナをしっかり抱き止める。

「一緒の組なんて、夢みたい！　よかったー、ひとりじゃ心細くて」

「でしょー、そうだと思って同じ組にしてもらったの」

「え？」

「ミリー、世の中たいていのことは金でカタがつくのよ」

「す、すごい。さすがです。私にはできないけど」

いったいどれぐらいの銀貨を積んだのだろう。ミュリエルは気になったが聞かないことにする。世の中には知らない方が幸せなことも多いはずだ。

「まあ、父の金だけどね。さっ、席取らなきゃ。早い者勝ちだよ、どこがいい？」

「窓際《まどぎわ》がいいな」

教室には長机と長椅子《ながいす》がいくつも階段状に並んでいる。ミュリエルとイローナは一番後ろの窓際に陣取った。

担任の先生が入ってきて、みんな慌《あわ》てて席につく。

「やあ、この組を担当するクリス・フェントレスだ。子爵家のしがない五男だ。専門は剣術だ」

ミュリエルの目がギラリと光った。子爵家で五男で剣術、完璧じゃないか。背も高いし、筋肉もきっちりついているし、素晴らしい。

「子どもは三人、息子ふたりと娘ひとりだ」

ミュリエルの目から光が消えた。いい男は売約済み、ばあさんが言っていたな。

「では、前の席から順番に自己紹介をしよう。初日だからな」

ミュリエルが息を吹き返した。紙とペンを用意し、真剣な表情で男子生徒を値踏みする。

「ジョナサン・ステリングです。男爵家の次男です。経理関係を専攻する予定です。よろしく」

ひとり目の男子生徒が壇上で挨拶《あいさつ》した。皆温かい笑顔で拍手している。ミュリエルはまっすぐ手を上げた。クリス先生が少し驚いた様子でミュリエルを指名する。

「婚約者はいますか？」

一瞬しーんとしたが、次の瞬間教室が爆笑の渦に包まれた。クリス先生が涙を拭《ふ》きながら言う。

「君、おもしろいねぇ。ははは。よし、全員婚約者の有無も言ってくれ。確かに、みんなにとって結婚相手を探すのは大事だもんな」

話の分かる先生でよかった。

ミュリエルの隣では、イローナが突っ伏して声を出さずに笑っている。

「はい、婚約者はいます。だから、残念ながらあなたとはおつき合いできません」

ジョナサンは爽《さわ》やかな笑顔でミュリエルに言う。また皆が笑った。ミュリエルは紙の上のジョナサンの名前の上に線を引いた。

いいヤツだが、婚約者がいる男子に関わっている時間はない。

順調に自己紹介が進み、ミュリエルの紙に男子の詳細情報が増える。ついにミュリエルの番になった。ミュリエルは気合いを入れた。

今日は寄せてあげる例のアレを装着している。隙間《すきま》に布をグイグイ詰め込んだので、ミュリエル史上最深の峡谷《きょうこく》だ。

ミュリエルは胸を突き出し気味にしながら前へ行った。

「ミュリエル・ゴンザーラです。ミリーって呼んでください。男爵で次女です。得意料理は肉料理。獲物を仕留め、解体し、料理までひと通りできます」

ドヤァっと流し目を決めたが反応が薄い。なぜだ。ばあさんは、男は料理上手な女に弱いと言っていたのに。

「特に学びたいことはありませんが、剣術は興味があります。一番得意な武器は石です」

「石……というと?」

クリス先生が怪訝《けげん》な顔をして聞く。

「はい、石は最も基本の武器です。どこにでもあり、誰でも取り扱え、そしてタダ！　これは大きいです。石の良さはもっと見直されてもいいはずです」

「なるほど……」

クリス先生は頷《うなず》いているが、生徒たちは微妙な表情をしている。もっと石の良さを伝えなければ、ミュリエルは謎の使命感に燃えた。

「実際目にしないとピンと来ませんよね。私が石の素晴らしさをお見せします」

ミュリエルはポケットから石を取り出すと窓を開けて、上空に投げた。

ドサッ　ムクドリが校庭に落ちる。

「ちょっと失礼します」

ミュリエルは窓の外にある木に飛び移ってささーっと地面に降りると、ムクドリを摑《つか》んでまた木を登って教室に戻る。

教室は異様な静けさに包まれている。

「どうです。これが石ひとつで獲れるんですよ。すごくないですか？」

ミュリエルがムクドリをぶら下げて得意げに見せびらかすと、ワッとひとりの女の子が泣き出した。

「ひどい、かわいそう、そんなにカワイイ鳥を殺すなんて」

なんですと？

「いやいや、どんな動物もかわいいですよ。かわいいと美味《おい》しいは別物です。あなたも牛や豚を食べるでしょう？　牛も豚もかわいい、でも食べる。そういうものです」

「まあ、その通りだな。しかし、ミリーはすごいな。素晴らしい腕だ。石投げを授業に取り入れるか、先生方に相談してみるよ」

クリス先生が腕組みしながらうんうんと頷く。

「ぜひお願いします。クリス先生は話の分かる素敵な男性ですね。独身でないのが惜しまれます。もし奥さんに捨てられたらぜひ我が領地へいらしてください。領民一同で歓迎しますよ」

「ははは、そんなに情熱的に口説かれたのは初めてだ。ありがとう」

クリス先生はポリポリと頬《ほお》をかいた。

「えーっと、もう次の生徒にいってていいかい？」

「あ、最後にひとつ言わせてください。医学、法律、測量、土木などの知識を持って、健康で、婿《むこ》入りできる男子を探しています。持参金はなるべく多い方がいいです。よろしくお願いします」

クリス先生とイローナは大ウケしているが、他《ほか》の生徒はポカーンとしている。

もしや、やりすぎたか？　でも父さんはいつも、最初に大きく望みを言えって。そうすれば徐々に条件下げれるからって。まあ、大丈夫だろう。ミュリエルは笑顔を大盤振る舞いしながら席に戻った。

6. ヤバい女

Lady throwing stones

あの子はヤバい。ミュリエルは組の男子から警戒対象に定められた。うかうかしていると、石で気絶させられ、領地に拉致《らち》されるかもしれない。婚約者のいない男子たちは震え上がった。

男子生徒たちはこっそり話し合い、他《ほか》の組の男子をミュリエルに差し出すことにした。

「ミリーおはよう」

「おはよう、えーっと、ブラッド・アクレスさん。子爵の三男。婚約者なし。なんでしょう？」

ミュリエルは昨日叩《たた》き込んだ男子の情報を思い出す。

「そ、そう。よく覚えてるね。ちょっと怖いな……。あのね、医学の授業取ってる男子まとめてきたから。この紙に載ってる男子は婚約者いないから。がんばってね」

「はいっ。ありがとう。どうしてこんなによくしてくれるの？」

「え、それは……」

ブラッドは瞬《まばた》きを繰り返す。

「あ、分かった。肉が食べたいんだね。いいよ、今日もお昼に肉焼こうよ。みんなで食べよう」

「あ、ああ、それは楽しみだ。この組の男子は、誰も医学に詳しくないからね。他の組の男子をつかまえるんだよ。協力するから」

「ありがとう。いい肉とってくるね」

嚙《か》み合ってるようで、いまいち嚙み合ってないが、ミュリエルと組の男子の間で協定が結ばれた。男子たちの顔に安堵《あんど》の色が浮かんだ。

昨日はあのあと、ムクドリを焼いて食べたのだ。クリス先生が、野営の実地訓練ということで許可を取ってくれた。ノリのいい先生である。

内臓を抜いて、羽をむしって、よく洗い、焚《た》き火で丸焼きだ。女子はキャーキャー騒ぎながら、手で目を覆って、指の隙間《すきま》から見ていた。小さなムクドリだったので、少しずつしか行き渡らなかったが、こんがり焼けたムクドリはおいしかった。

「あの、ミリー。ムクドリおいしかった」

かわいそう発言をした女子は、恥ずかしそうにミリーに話しかけた。

「そう、おいしく食べればかわいそうじゃないんだよ。食べる前に、いただきますって言えばいいの」

「そっか、そうするね」

ミリーは組の人気者になった。珍獣としてではあるが。

＊　＊　＊

「今日は何狩ろうかなー」

授業をまともに聞かず、ミュリエルは狩りのことばかり考えている。ミュリエルは勉強は最低限でいいのだ。婿《むこ》が決まったらすぐ領地に戻るのだから。

「あ、でも先に尾行するか」

ミュリエルはブラッドからもらった医学を学ぶ男子の情報を見る。上から順番に尾行していこう。

「ジェイク・ネルソン子爵子息。三男。子爵なら持参金が期待できそう」

ミュリエルは授業そっちのけで、攻略方法を考える。

授業のあと、組の男子にどの人がジェイクか聞いた。男子はわざわざジェイクの教室まで一緒に来て、教えてくれる。

「がんばれよっ」

男子はニコッと笑って拳《こぶし》を突き出す。ミュリエルは男子の拳に、自分の拳を当てた。

ジェイクは黒髪をキレイに撫《な》でつけた育ちの良さそうな男子だ。さすがは子爵、所作が美しい。背はミュリエルより低いが、これから肉をいっぱい食べさせれば伸びるだろう。問題はないな、ミュリエルは頷《うなず》いた。

ミュリエルに見られているとも知らず、ジェイクは図書館で医学書を熱心に探している。おや、一番上段の本が取れないようだ。つま先立ちになって、指の先で引っかけようとしている。

「さあ、どうぞ。こちらでよろしいですか?」

ミュリエルはさっと本を取ると、爽《さわ》やかな笑顔でジェイクに渡す。

「あ、ありがとう」

ジェイクは顔を真《ま》っ赤《か》にして本を受け取ると、胸に抱えて走っていった。

「あの赤い顔……。ひとめぼれだな。しめしめ」

ホクホクしながらミュリエルは家に帰った。

翌日もミュリエルはジェイクを尾行する。ジェイクは毎日図書館で本を借りているようだ。

勉強熱心な医学生、最高じゃないか。

今日もジェイクが届かなかった本を、ミュリエルが手際《てぎわ》よく取って渡してあげる。ジェイクは頬《ほお》を赤らめてお礼を言う。

そんな日々が積み重なり、ふたりの距離は順調に縮まっている、そう思われたが……。

「イヤがらせは、もうやめてください」

真っ赤な顔のジェイクが、ブルブル震えながらミュリエルに言った。図書館にいる生徒たちが一斉にふたりを見る。

「え？　イヤがらせって……」

「僕が背が低いからって、見せつけなくてもいいじゃないですか。もう僕に近づかないでください」

ジェイクはミュリエルを見もせずに、足早に出ていった。

ミュリエルはトボトボと教室に戻る。

「ミリーどうしたの？」

イローナと男子生徒たちに囲まれた。

「ジェイクに、イヤがらせはやめてって言われた」

「え、どういうこと？」

イローナに促《うなが》され、今までのことを話す。イローナと男子たちは顔を見合わせた。

「あ、あのさ。俺たちぐらいの年齢の男って、身長を気にしてるんだよね」

「そうそう、これ以上伸びなかったらどうしよう、とかさ」

「僕も毎日、牛乳飲んでる」

「ほら、ミリーは背が高いだろう。正直、女の子に身長で負けるって、男にとってはすごく屈辱なんだよね」

「でさ、毎日、ミリーに本取ってもらって、それを他の生徒に見られるってのは……」

「結構キツイかな……」

「だなー」

「そっか。そんなこと考えたこともなかった」

ミュリエルはしょんぼりとつぶやいた。

「ま、まあ、男はまだいっぱいいるだろ。気にすんなって」

「そうそう、ミリーのいいところを分かってくれるヤツがきっといるよ」

「いちいち気にしても仕方ないだろ、次いこう次。なっ」

ミュリエルが少しだけ笑みを浮かべた。

「みんな、ありがとう……。みんなは私に婿入りする気はないのかな？」

ヒュッ　誰かが息を飲んだ。

「お、俺は王都を離れられないから」

「僕はほら、背が低いからさ。僕より背が低い女の子の方がいいかなーなんて」

「私は王宮で官吏《かんり》になりたいから、ミリーの領地には行けない。残念だけどね」

「そっか……」

ミュリエルの口角が下がる。

「ああ、でもほら、俺たち協力するから。なんでも聞いてくれ」

「どうやったら落とせる?」

しーんとする男子たち。

「少し時間をくれないか」

ひとりの男子が真剣な目で言った。

「分かった。色々ありがとうね。そしたら私、狩りに行くから。じゃね、また明日」

ミュリエルの背中を同級生がじっと見つめる。

＊＊＊

「どうする?」

「どうしよう」

「まずね、ミリーのことを、他の組の男子に聞かれたときどうするかよ」

イローナが険しい表情で言う。

「あーなー。まず、婿入りの条件と持参金のことは言わない。それでいいよな?」

「うん、あれ言ったらおしまい」

皆の意見が一致する。

「だな。領地のことはどうする?」

「王都から少し離れたとこ、ぐらいでよくね?」

「うん、店が一軒しかないとかは、言わない方がいい。引くもん」

「靴履かないとかな。ビビるわ」

「足の裏がどんだけ分厚いんですかって話になるじゃん」

「狩りが必須てのもヤバくね。俺、絶対無理。さばくとか、考えただけでゾワゾワする」

「分かる。僕、肉は切り身しか見たことなかったから。あんなに内臓あるんだって……ウプッ」

「思い出させるなよ」

草食系の貴族たちは青ざめて、生々しい記憶にふたをする。

「つーかさー、だったら何も言えなくね?」

「………」

「胸がデカい」

「見るからになんか入れてんじゃねえか。たまにズレてるし」

「それは言わないであげて」

イローナが懇願《こんがん》する。

「脚が長い」

「スカートの丈、短くしてもらうか」

「そうだな、恥じらいとか、そもそも持ってないもんな」

「まあな」

「よし、ひざちょい上ぐらいにしてもらおう」

「分かった。うちの仕立て屋で直してもらう」

イローナが請け負った。

「…………」

「えっ、これでおしまい？」

「いやいや、まだなんかあるだろう。よく考えろ」

全員が腕組みして宙を見据える。

「料理ができるって言ってたよな」

「……貴族女性って自分で料理しないよな」

「料理人いるからな」

「料理人が雇えないほど貧乏なの、って思われんじゃね」

「非常時にはありがたいけどさ」

「……これは言わない方がいい」

気を取り直して、もう一度頭をひねる。

「いい子だよな」

「それな、それだよ。いい子なのは間違いない」

「貴族なのに裏表ないじゃん」

「そう、表しかない」

「それって、貴族としてマズくないか？」

「………」

皆が顔をしかめてお互いを見る。

「あ、でも領地なら駆け引きとかいらないわけで」

「そうだよ。表だけでいいんだって」

「そっか、よし」

「よく見ればかわいい、かもしれない」

「うーん、化粧すればいいのか？」

「一回やってみるね」

イローナが任せてっと拳を握る。

「………」

「ま、まあ今日のところはこんな感じで」

「とりあえず、他の組の男子に聞かれたら、すっげーいい子って答えよう」

「おうっ。それなら本音で言えるわ」

「よし、じゃあそういうことで。またなー」

男子たちは晴れやかな顔で帰っていった。

残されたイローナは、どの兄をだまくらかすか算段し始める。いざとなったら、どれかミリーにあげよう。持つべきものは優しい友である。

ミュリエルの婿探しは、割と前途多難かもしれない。

7. その人は……

Lady throwing stones

「どう、このスカート」

イローナが直してくれた、ひざちょっと上のスカートで、ミュリエルはくるりと回った。

「いい、すごくいい」

「美脚」

「切れてる！」

「かわいい」

「ひざ下が異常に長い」

「似合ってる」

教室の生徒が褒《ほ》めたたえる。

「えへ」

ミュリエルが照れた。

「昨日考えたんだけど」

浮かれてるミュリエルに、ブラッドが冷静に紙を渡す。

「ミリーは騎士専攻の男子生徒にも目を向けるべきだと思う」

「え、でも領民はみんな戦えるから、騎士は間に合ってるんだけど？」

「騎士の中にも、応急処置から派生する医療技術を学んでいる者もいる。下級騎士の中には測量や土木に詳しい者も。そういう生徒の名前を書いておいた」

生徒たちから拍手が起こった。主に男子生徒から。

「ブラッド、ありがとう。なんて頭がいいの。ぜひうちの領地に……」

「私は王都で官吏《かんり》になりたいからね。昨日も言ったけど、ミリーの領地にはいけないからね」

ブラッドは食い気味に念を押した。

「そ、そっか。分かった。そしたら騎士も尾行してみるね。ありがとう」

善は急げと、ミュリエルは授業のあと、早速訓練場に向かった。

クリス先生の指導の元、木剣での対戦が行われている。ミュリエルは急いでブラッドにもらった紙を見る。残念ながら、誰が誰やら分からない。ミュリエルは大人しく見学することにした。

二十人ぐらいの生徒がいるが、ミュリエルの見たところ、突出して強いのは三人だ。三人は順調に勝ち進んでいる。

短髪でにんじんのような髪をした筋骨隆々の男子と、小柄だが体の切れが良い黒髪男子の対戦になった。

黒髪男子が優勢に見える。黒髪は素早い身のこなしでにんじんを翻弄《ほんろう》する。ブオン、ブオンとにんじんの木剣が宙をむなしく切っさばく。

あれ、当たったら吹っ飛ぶだろうな。ミュリエルは首をすくめた。

黒髪が低い位置で鋭く木剣を水平に斬《き》る。にんじんは足の裏で木剣を跳《は》ね飛ばすと、頭上高くに振り上げた木剣を黒髪の背中に叩《たた》きつける。

ドンッ　鈍い音がしたあと、黒髪がゆっくり地面に沈んだ。

「勝者、ネルソン」

クリス先生が叫び、にんじんは軽く拳《こぶし》を握った。

ふぅー　ミュリエルは張り詰めていた息を吐く。

戦いは力が全て、そう思い知らされるような対戦だった。ミュリエルはどれだけ鍛えたところで、にんじんほどには筋肉はつかない。力押しでくる相手にどう対応するかは、女であるミュリエルにとって大きな課題だ。

次はにんじんと、金髪のキレイな顔をした男子の対戦だ。金髪はとても気持ちのいい剣筋をしている。ミュリエルは好感を抱いた。

小さい頃《ころ》から毎日ひたすら訓練したんだろうな、そんなまっすぐな剣だ。

にんじんは疲れてるのか？　なんだか動きが鈍い。連戦で勝ち進んできたから、疲れが出てるのかもしれない。

「ネルソン、手加減はするな」

金髪が澄んだ声で言った。

にんじんは一瞬動きを止めたが、そのあとは怒涛《どとう》の勢いで木剣を振るう。重く速い木剣を、金髪はすんでのところで避ける。だが、徐々に追い詰められ、最後は木剣を弾《はじ》き飛ばされた。

「勝者、ネルソン」

わっと歓声が上がる。

ミュリエルはブラッドの紙を広げた。ネルソン、ネルソン、ネルソン……載ってない。残念、にんじんには婚約者がいるのだろう。にんじんに領地に来てもらえれば、魔獣との戦いに、もう少し工夫ができるかもしれないのに。

ミュリエルは立ち上がると、パンパンっとスカートの土ぼこりを払った。

「ミリー、見学か?」

顔を上げるとクリス先生がそばに来ている。

「あ、はい。ブラッドが騎士専攻の婿《むこ》候補を挙げてくれたので、見にきました」

「おお、なるほどな。ちょっと見せてみろ。……ブラッド、あいつ……」

クリス先生が紙を見て苦笑する。

「なんですか?」

「いや、渋い人選だと思っただけだ。それで、誰か気になる生徒はいたか?」

「えーっと、あのネルソンって人はここに載ってないので、婚約者がいるってことですよね?」

「そうだな。それに、ネルソンは伯爵家の嫡男《ちゃくなん》だから、婿入りはできないよ」

やはりデキる男は売約済み。みんな抜け目ないよね。

「やっぱりそうですか。そしたら、金髪と黒髪はどうですか?」

「……金髪ってまさかとは思うが」

「はい、あの人です」

ミュリエルはまっすぐ金髪を指差した。

瞬時にクリス先生がミュリエルの手をはたき落とす。

「ミリー、あのお方はヨアヒム第一王子殿下だ。自国の王子の顔は覚えておきなさい」

ものすごい小声で言われた。

「ひっ、やっちゃった」

「いや、気づかれてはいない……と思う。以後気をつけろ。俺をクビにする気か」

「ごめんなさい」

「いいから、目立つ前にもう行きなさい」

ミュリエルはそそくさと訓練場を後にする。

大分離れてからホッと力を抜く。危なかった……。あとでブラッドとイローナに、知っておくべきエライ人を聞こう、ミュリエルは決心する。

それにしても、あれがヨアヒム第一王子殿下か。ああいう剣を振る人が、次期国王というのは、いいかもしれない。

ミュリエルは少し気持ちが明るくなった。上に立つ人次第で、国は荒れも栄えもする。賢王が立ってくれれば、ミュリエルの領地も安心して日々の暮らしに集中できるではないか。

ヨアヒム殿下を支えよう。ミュリエルは心の中で誓った。

8. 女は背中で語る

Lady throwing stones

「……という感じでさあ、危うく不敬罪でつかまるところだった」

ブラッドとイローナがさあっと青ざめた。

「それは……さすがに想定していなかった。王族の顔を知らない貴族がいるとは……」

「だって王都に来たの、今回が初めてだし。ふたりはどうやって知ったの」

「それは、姿絵とか、社交とか」

「姿絵かー。ないわー」

「だろうね。てことは社交経験もないんだよね？」

ブラッドが聞く。

「ん？　うちの領地はみんな社交的だよ。家でも外でも、会った人とは必ず少しは会話するよ。あそこの川で魚がとれたとか、あそこの藪《やぶ》のラズベリーが甘いとか。そうやって助け合って生きてるからね」

ミュリエルが誇らしげに語る。

「あーうん。そうだと思った。まあ、ミリーはそのままでいいよ、うん。しばらくは騎士に近づかない方がいい」

ブラッドがミュリエルに注意してくれる。

「そうだね、そうする」

「少しずつエライ人たちを教えてあげるからね。あ、あの人はヨアヒム殿下の婚約者よ」

イローナが窓の外を指差す。恐ろしいほど輝く少女がそこにいた。朝日に輝く湖畔《こはん》のような銀色の髪が、柔らかく風に揺らいでいる。瞳《ひとみ》は驚くほど青い。

「あれは……人間？」

「うん、公爵令嬢のルイーゼ様だよ。キレイだよねー」

「キレイっていうか……表現する言葉が見つからない。あんな美しい人初めて見た。イローナもかわいいなーって見とれちゃうけど、あの人はなんか……」

「ギャー、ミリーやめてよ。ルイーゼ様と比べないで、恥ずかしい。アタシはね、庶民向けの肉を高級な調味料でごまかしてるだけだから。服と化粧だから」

イローナが真《ま》っ赤《か》になって言い募る。

「ルイーゼ様は素材がユニコーンな上に、最高級の美容と教育を施されてるからね。モノが違うから。別格だからね」

「ふわあ～、ルイーゼ様とヨアヒム殿下の子どもなら、とんでもなく神々《こうごう》しいんだろうね。楽しみだね」

イローナとブラッドが顔を見合わせる。

「どうしたの？」

「ああ、いや、その……。最近、ヨアヒム殿下とルイーゼ様の仲が、あまりうまくいってないってウワサがあってだな」

「そっかー、まだ若いもんね。ふたりとも極上の容姿だもん、誘惑が多いよね」

仕方がない、うんうんとミュリエルが頷《うなず》く。

「そういえばさ、来週夜会があるでしょう。ミリー、そこが男つかまえるのに絶好の機会だから」

「そっかー、がんばるね。って何をがんばればいいんだろう？　全ての男子と踊ればいい？」

「いや、それは……まあ、足が疲れると思うが。ミリーなら可能なのか？　やはり衣装ではないか？」

ブラッドがイローナを見る。

「そう、ドレスと化粧よ。見た目が全てよ。今日から練習するわよ」

「うえー」

「うえーとか言わないの。ぶっつけ本番だと転ぶよ。その靴じゃ無理よ」

「ハッ、そういえばマリー姉さんが、王都でドレス用の靴買いなさいって、お小遣《こづか》いくれたんだった。すっかり忘れてた」

「任せなさい。ミリーに似合う靴を見繕《みつくろ》ってあげる」

「わーい」

＊　＊　＊

ミュリエルは母が用意してくれたドレスを持って、イローナの家を訪れた。

イローナの家は、なんというか目がつぶれそうだった。ミュリエルが目をパシパシしていると、イローナが苦笑する。

「ごめんねー、うちの両親って成金《なりきん》丸出しなのよ。キンキンギラギラしてるでしょう。目が疲れるよね。何度言っても聞かないのよ」

「う、うん……。なんだろ、そのー、高そうな物がいっぱいあるね。うっかり壁際《かべぎわ》寄ったら、なんか落としそうで怖い……。ははは」

「飾っているのは大体、元ムーアトリア王国の物ね。父さんがムーアトリア王国の品が大好きで、あの国が滅亡して悲しいから飾ってるらしいわ。何も全部飾らなくてもいいと思うんだけど……」

イローナが乾いた笑いをする。

「ムーアトリア王国ってなんだっけ?」

どこでかすかに聞いたような。ミュリエルは記憶の彼方を探った。

「ムーアトリア王国ってのはローテンハウプト王国とラグザル王国の間にあった国ね。二十年前ぐらいに、ラグザル王国に滅ぼされたのよ。手工芸が盛んだったんだって。ムーアトリア王国の人たちの中には、どうしてラグザル王国から助けてくれなかったのって、ローテンハウプト王国を恨《うら》んでる人もいるんだって」

「そうなんだ。知らなかった……。こんな素敵なものを作る国が滅ぼされたら、そりゃあ悲しいよね……」

　少し暗くなったミュリエルを、イローナはグイグイ押す。

「アタシの部屋は落ち着くから、早く早く」

　確かに、イローナの部屋はスッキリとして居心地がよい。薄い青色の壁紙で、家具は白だ。ミュリエルはホッとした。目が痛くない部屋って素晴らしい。

「やっぱりさあ、生まれたときからお金持ちで、伝統のある高位貴族はさあ、違うのよ。いい物を見慣れてるから、厳選した家具や飾りを少しだけ置くのよね。そういうのって、小さいときからそれなりの環境で育ってないと、なかなか身につかないよね」

「この部屋はとても素敵だと思うけど」

「アタシは色々勉強してなんとかここまで来たって感じよ。アタシの婚約者は子爵の四男なんだけど、やっぱり違うもん」

「えっ、イローナ婚約者いるの？」

　初耳だ。ミュリエルは目を丸くする。

「いるよー」

「えええ、どんな人？」

「うーん、そうだなあ、まあ、優しいし紳士だよね。まあ、そんなことより、ドレス着てみてよ。合う靴を探さないといけないいんだからね、時間ないよ」

　ミュリエルは急いでドレスを着る。

「ど、どうかな？」

恐る恐るイローナの前に立つと、イローナがパアッと笑顔になった。

「うん、いいね、すごくいいよ。ミュリエルの良さがよく引き立ってる。すっごく大胆だけどね。袖《そで》がなくて胸の上部から肌を全部出しちゃうなんて、なかなか見ないよ。でも下品じゃないのは、ミリーの肌がよく焼けてるからかな」

「本当？　よかったー」

ミュリエルはほっとした。あまりに露出が多いので心配だったのだ。

「ミリーの瞳と同じ深い緑色で大人っぽい。ゴテゴテせず、さらっと体に沿ってるから、ミリーの長身で引き締まった体が映えるよ。フリルもレースも一切《いっさい》ないところが、潔《いさぎよ》くていい。満点だよ」

「母さんがへそくりで作ってくれたの」

ミュリエルがはにかみながらモジモジする。

「ミリーのお母さんってもしかして高位貴族？　すごく趣味がいいね」

「えーっと確か子爵だったような。詳しくは知らないんだ」

「なんで？」

「なんでだろう……。確か、父さんとの結婚でゴタゴタして、勘当されたんだったような……。親の恋愛話とかキモくて聞きたくないじゃない。いつも聞き流してた。ははは」

「あー、なるほどね。分かるわ。聞きたくないわ、そういうの」

イローナが全力で同意してくれる。

「ちょっとクルッと回ってくれる？」

ミュリエルはクルリと優雅に回ってみせる。

「わあー、ミリーの背中ってカッコイイね。近衛《このえ》騎士が乗ってる馬みたい」

「馬……」

「アタシなんて鍛えてないからポヨポヨだもん。ねえ、どうしたらアタシもそんな背中になれる？」

「石投げればいいんじゃないかな。でも、胸がなくなっちゃうかもよ」

ミュリエルは、イローナの柔らかなふくらみと、自分のささやかなそれを見比べて悲しくなった。

「ああー、そっか……悩むなー。あ、でもそのドレスだと、胸の下に切り替えが入ってるから、胸が大きく見えるよ」

「ホント？　これだと背中丸見えだから、寄せて上げるヤツがつけられないんだよね」

「あ、あれね。うん、なくていいよ。むしろない方がいいから」

イローナが力強く請け負ってくれた。

「じゃ、靴買いに行こうよ。どんなのがいいとかある？」

「どんなドレスにでも合う靴！　といってもドレスはこれしか持ってないけど」

「そっか。そしたらスッキリした感じの、黒の靴がいいよ。何色のドレスでも大丈夫だもん」

イローナと豪華な馬車で街の高級区域に乗り込む。

「うう、緊張する……」

「大丈夫よー。アタシがよく行く靴屋さんなんだけど、みんな優しいから」

イローナがミュリエルの手を握って勇気づけてくれる。

「イローナ、一緒に来てくれてありがとう。マリー姉さんがね、言ってたの。王都には魔物は出ないけど、オシャレなお店の店員は魔物より怖いって。田舎者《いなかもの》の貧乏貴族令嬢なんて洟《はな》もひっかけられないって」

「あぁー分かるわ。お高くとまってる店って確かにあるよ。アタシだってイヤな目には何度もあったことあるもん」

「ひえー、やっぱりー。マリー姉さんは初めて行った靴屋で、『いらっしゃいませ。ありがとうございました』って言われたんだって。ひどくない？」

「ああ、お前がくる店じゃないって感じのあれね。腹立つよねー。アタシも経験あるよ。大丈夫、今から行くお店は、平民の女の子たちも行くお店だから。すごく感じがいいのよ。全ての女の子に、手ごろでカワイイ靴を履かせたいっていう素敵な考えの主人なの。安心して」

ミュリエルはホッとした。マリーナから、王都の店員の恐ろしさを聞いていたので、ひとりで買い物をする気にはなれなかったのだ。

「あの、マリー姉さんにもらったお小遣いってそんなに多くないんだけど、足りるかな」

ミュリエルは上着の内ポケットから丁寧に布で包んだ銀貨数枚を出す。イローナはしばらく考えると口を開いた。

「それで足りる。ただ、いいモノを安く買うこともできる。例えば、見本品しかない靴とか、少し傷がある靴だと、安く買えるけど、どう？」

「それがいい。傷があったって平気。そんなのどうせ歩いたらつくんだし」

「分かった、予算内でいい靴を選ぼうね」

イローナがあまりに頼もしくてミュリエルはイローナに祈りを捧げた。イローナはゲラゲラ笑って、ミュリエルを止める。

高級区域と平民区域のはざまぐらいにそのお店はあった。茶色の木枠に囲まれた建物群の中で、薄いピンク色の小さなお店はとても目をひく。通りに面した大きな窓ガラスの向こう側には白い棚に、色とりどりの花のような靴が並べられている。か、かわいい〜。よかったー、ひとりじゃ絶対入れないよ、こんなオシャレなお店。

緊張でこわばるミュリエルの腕に、イローナが腕をからませて力強く引っ張ってくれる。素敵なお姉さんが笑顔で扉を開けてくれた。

「いらっしゃいませ、イローナ様」

「お久しぶりです。今日はアタシのお友達の靴を見にきたの。予算はね……」

イローナがお姉さんの耳元でこっそりささやく。

「型落ちとか、見本品とか、傷ありなんかでいいのないかしら？　黒色でどんなドレスでも合わせられるようなゴテゴテしてないのがいいわ」

「お任せくださいませ」

お姉さんはミュリエルとイローナを店内の奥のソファーに案内する。店内も薄いピンク色でとてもかわいい。真っ赤だけど下品ではない素敵なソファーにミュリエルとイローナは並んで腰かける。お姉さんが、木箱をたくさん持ってきて、たくさんの黒靴を並べてくれる。お姉さんはミュリエルの全身をじっくりと見ると、いくつかを選んだ。

「お嬢様はとても背が高くていらっしゃいます。あまりカカトは高くない方がよろしいでしょう。殿方を委縮させてしまいますからね。それにまれにみる美しいおみ足でいらっしゃいますわ。お嬢様には華美な靴は不要でございます。美しい脚を引き立てる、スッキリとした靴がよろしいですわ」

素敵な大人のお姉さんにべた褒《ほ》めされて、ミュリエルは真っ赤になった。イローナはニコニコしながらも厳しい目で全ての靴を見定める。

イローナの厳しいダメ出しをくぐり抜け、ミュリエルの予算で買える黒い靴が無事みつかった。

「今日から夜会まで、家でこの靴履いてね。ちゃんと慣らしておかないと踊れないからね」

「分かった」

ミュリエルにとって、友だちとの初めての買い物だった。領地にいたときには想像もしない華やかな生活に、ミュリエルは自然と笑顔になる。

「夜会楽しみだな〜」

ミュリエルは新しい靴を履き、マチルダとジョニーの前で軽《かろ》やかにステップを踏んでみせる。思いっきり跳びあがってクルクルっと回転して華麗に着地すると、ジョニーが盛大な拍手をしながら褒めそやす。

「すごいよ、ミリー。お金とれるよ！」

ミュリエルは新たな金儲《かねもう》けの匂《にお》いにギラリと目を光らせた。

「ホント？　どこで踊ればいい？」

マチルダがため息を吐《つ》きながらミュリエルをたしなめる。

「……いや、ミリーには狩りの方が向いてるよ。浮気せずに狩りで儲けなさい」

「はいっ」

王都での生活もいいもんだな、ミュリエルはほんわりした気持ちになった。

9. ついに夜会です

Lady throwing stones

ミュリエルにとって人生初の夜会である。ミュリエルは緊張と興奮でよく分からないことになっている。

マチルダがミュリエルの長い茶色の髪に、丁寧に香油を伸ばしてくれる。イローナとマチルダが事前にああでもないこうでもないと、色々試してくれた。

柔らかな髪をゆるくまとめて、おくれ毛を垂らす。女っぽさを残しながらも、ミュリエルの芸術的な背中の美しさが引き立つらしい。

ほんの少しだけ、お粉をはたき、薄く口紅を塗れば完成だ。

「まあ、ミリー。なんて美しいのかしら。やっぱりシャーリーちゃんの娘ね、自然と目が引き寄せられる何かがあるわよ」

マチルダが少し涙ぐむ。

「ジョニーさん、どうですか?」

ミュリエルがクルクルと回転してみると、ジョニーは優しい笑顔になった。

「完璧だ。今日はダンスの申し込みをさばくのが大変になるぞ」

「そうだといいなー。今日こそはいい男をつかまえてくるからね」

「石は使うんじゃないぞ」

ジョニーがわざと厳しい表情を作って注意する。

「大丈夫、今日は持っていかないから。あ、いざというときのガラス玉の腕輪はつけていくけどね。これでは人は殺せないから大丈夫」

「あ、ああ、そうだな。頼むから夜会で獣《けもの》を狩ったり、人を殺したりしないようにな」

「大丈夫よー。今日は踊りに行くんだもん。狩りはしないよう」

「本当に歩いて行くの？　危ないわよ」

今度はマチルダが心配し始めた。

「大丈夫。石はどこにでも落ちてるから」

「……そう」

「それにほら、今日はご馳走《ちそう》が出るってイローナが言ってたから。走ってお腹《なか》空かせないと」

「走らないでね。せっかくの髪が乱れてしまうわよ。ドレスもシワになるし」

「分かった。早歩きで行ってくるね」

「楽しんでおいで」

「はーい」

ミュリエルはドレス姿で許される最速の早歩きで王都を闊歩《かっぽ》する。

「ミリーどうしたんだい？　貴族のお姫様みたいだよ」

すっかり仲良くなった近所の人たちに次々と声をかけられる。

「あのね、私これでも立派な貴族女性ですからね」

ミュリエルはツーンとしてみせる。

「あたしの知ってる貴族女性は、鹿かついで王都を歩かないよ」

「バレてる！」

「もうみんな知ってるよ」

「今度お肉お裾分《すそわ》けするよ」

「ありがとう、楽しみにしてるね。行ってらっしゃい」

誰に絡《から》まれることもなく、魔獣に襲われることもなく、平穏無事に夜会の会場に着いた。大半の女生徒はエスコート相手と一緒に来ている。

ミュリエルはドキドキしながら会場に足を踏み入れる。

「わあ、天井《てんじょう》が高い。みんないい服着てるなあ……」

色鮮《あざ》やかでフリフリひらひらで、大きく膨《ふく》らんだドレスを着ている女生徒がほとんだ。ミュリエルのような布面積の少ないドレスの子は誰もいない。このドレス、おかしかったかな……。

ミュリエルは少し不安になったが、気を取り直す。あの母とイローナがいいと言ったのだ。絶対大丈夫。それに、布面積が少ないのはいいことだ。貴族たるもの、税金の使い道に気を配るべきなのだから。

ミュリエルはおいしそうな匂《にお》いに引き寄せられて会場の奥へ行く。銀色の丸いふたが被《かぶ》せられた料理がズラリと並べられている。ミュリエルはすかさず、肉料理の匂いがする場所近くのテーブルにショールを置いた。

よし、この場所は絶対に死守する。ミュリエルが貴族女性にあるまじき誓いを立てていると、イローナが近寄ってきた。

「イ……」

ローナと続けようとして、ミュリエルはイローナの隣の男子に気づく。

「ミリー、こちらわたくしの婚約者のヒューゴ・モーテンセン子爵子息です。ヒューゴ様、こちらわたくしのお友だちのミュリエル・ゴンザーラ男爵令嬢ですわ」

わたくしって……と思いながら、ミュリエルはよそ行きの顔で挨拶《あいさつ》する。

「初めまして、ミュリエルです」

「ミリー、あとでね」

イローナはにこやかに微笑《ほほえ》むと、ヒューゴと歩いて行く。あとでイローナに聞きたいことがいっぱいあるぞと思っていると、料理のふたが次々開けられた。

ミュリエルはすばやく肉料理の前に立った。給仕係が大きな牛肉のかたまりを薄く切って、お皿に並べる。一番乗りなので、最も味がしみ込んだ端っこが盛られ、とろーりとした茶色のソースがかけられる。

ミュリエルは肉を持ってさっきの場所に戻った。小さな声で、いただきますと言う。イローナとマチルダの反応から、王都では小声で言うことにしたのだ。

ゆっくりと牛肉にナイフを入れた。このナイフ、できる！　少しの力で牛肉が苦もなく切れる。

ミュリエルはまずは牛肉だけを口に運んだ。

うむ、これは……。なんと、口の中で勝手にとろけていく。嚙《か》んでいないのに。なんという魔術か！　ミュリエルは驚嘆《きようたん》した。

次はソースを絡めて食べてみる。濃厚な旨味《うまみ》。これは果物と野菜を赤ワインで煮詰めているのか？　贅沢《ぜいたく》極まりないぞ、恐るべし王都の税収！　ソースに惜しげもなく野菜や果物を使うなんて。信じられない。ミュリエルは少し涙目になった。

ソースだけでパンが五個ぐらいいける気がする。領地では肉は焼いて塩を振り、鍋に残った肉汁をかけるだけだ。

狩りが盛んなので新鮮な肉から熟成したものまで、好きに食べられるが、このようなソースは初めてである。もったいないので、肉を上手に絡めてソースを残さず食べ切った。

よし、次。ミュリエルは次の料理を食べることにする。えーっと、このお皿どうすれば……。

ミュリエルが見回すと、よくできた給仕がすぐ近寄ってくる。

「どうぞそのままで」

「ありがとう、とてもおいしかったです」

ミュリエルはニコニコしながら感謝の気持ちを伝えた。

ミュリエルはあらゆる肉を食べた。鶏《にわとり》、ウサギ、鹿、猪《いのしし》、豚。どれもこれも絶品であった。途中から、数人の給仕がミュリエル専属でついてくれるようになる。

「お嬢様、肉もよろしいですが、デザートもぜひお試しください。小さなケーキを少しずつ盛りつけて参りましょうか？」

「お願いします！」

ミュリエルは丁寧に布で口を拭《ぬぐ》った。

「王都って素晴らしいですね。こんなおいしいごはん、食べたことがありません」

ミュリエルは至れり尽くせり世話を焼いてくれる給仕に、心からの賛辞を贈る。

「ありがとうございます。料理長に伝えます、さぞかし喜ぶことでしょう。例年はほとんど食べられることなく捨てますから」

「んまあ、なんてもったいない。捨てるぐらいなら貧しい民にあげればいいのに」

「そうですね。それができればいいのですが……。あ、ケーキが参りましたよ」

大きな器に小さなケーキが花束《はなたば》のように盛りつけられている。

「わあ、宝石みたいですね。食べるのがもったいないくらい」

もちろん言ってるだけで、ミュリエルは全て平らげた。

「さすがにもうお腹いっぱい。少し走ってこようかな」

給仕は苦笑しながら、紅茶を入れてくれる。

「そういえば、婿《むこ》になってくれる男子をつかまえに来たんでした」

ミュリエルは大事なことを思い出した。小さなバッグからブラッドにもらった紙を取り出す。

「うーん、誰が誰やらさっぱり分からない。ブラッドに聞くべきかな」

給仕が興味深げに紙を見ているので、大きく広げて名前を見せる。

「誰か知ってる人いますか？　踊りに誘ってみないと」

給仕はじっくりと紙に書かれた名前を読むと、ふむと頷《うなず》いた。

「あそこの壁際《かべぎわ》に立っている男性が、この方ですね」

給仕が紙の名前を指し、次に壁際のすらりとした男性をミュリエルに小声で教えてくれた。

「よしっ踊るか」

ミュリエルは決意して立ち上がる。給仕が静かに椅子《いす》を引いてくれた。

ミュリエルは獲物を追いかける狩りの態勢に入った。

「ルイーゼ、そなたとの婚約を破棄する」

大きな声が響き渡った。

ミュリエルは驚いた。あれはヨアヒム第一王子殿下の声ではないか？　ミュリエルは壁沿いをスルスルと進み、声の発生源に近づく。

「ルイーゼ、そなたは私の愛がアナレナに移ったことに憤《いきどお》り、アナレナに数々の無体な仕打ちをしたな」

ミュリエルは見やすい場所にたどりついた。やはりヨアヒム殿下だ。ヨアヒム殿下が、婚約者のルイーゼ公爵令嬢を糾弾《きゆうだん》している。

ルイーゼは美しい銀髪を大きめのシニョンにまとめている。ルイーゼの動きに合わせて光りながら揺れるドレスは、柔らかなシルクのようだ。少女と大人のはざまの凛《りん》とした美しさは、会場のどの女性よりも目を引く。こんな妖精《ようせい》のような婚約者に、ヨアヒム殿下は一体どんな文句があるというのか、ミュリエルはじっとりと騒ぎの中心を眺《なが》める。

そのヨアヒム殿下には、かわいらしい感じの少女がぺったりと引っついている。

「無体な仕打ちとはどういったものでしょう？」

ルイーゼが冷静に問いかけた。

「アナレナの礼儀がなってないと人前でののしった」

「わたくしは、身分の高いものに突然話しかけてはなりませんと、注意しただけですわ」

「学園内では身分制度はない」

「それはあくまでも建前です」

なんだこの茶番は。ミュリエルは意味が分からない。なぜこんな衆人環視の中で、こんなバカげた言い合いをしている？　そんなものは三人で話し合えばいいじゃないか。

どうして誰も止めないいんだろう。ミュリエルは、ヨアヒム殿下の周囲を注意深く観察した。

なるほど、あのアナレナという少女は悪い気を放っている。さては魔女か。

そして、ヨアヒム殿下を止めるべき側近は……アナレナの顔をボケーっと見ているな。

はは一ん、これは魔女にたぶらかされた、ヨアヒム殿下のご乱心だ。そして側近も魔女の手に落ちていると見てよさそうだ。

ミュリエルは急いで、父に叩《たた》きこまれた『王都で気をつけるべき十か条』を頭の中で暗唱する。

『上の立場の言うことには従うべし。ただし、その指示が納得できない場合は、その限りではない。

上位の者を正しい道に向かせるのも忠臣の役割である』

よし、これだな。ヨアヒム殿下は魔女のせいで正気を失っている。こんな学生たちが見ている中で、痴話《ちわ》げんかをするべきではない。ミュリエルは決心すると、すぐさま行動に移した。

腕飾りのガラス玉をバラバラにすると、手の平に置いて無造作に指先ではじく。長年、田舎《いなか》領地で狩りをしてきたミュリエルにとって、棒立ちのヨアヒムに当てることなど造作もない。

ガラス玉はヨアヒムのこめかみを打ち、ヨアヒムは声もなく昏倒《こんとう》した。

よし、仕留めた。ミュリエルは瞬時に次のガラス玉を手に置くと、魔女アナレナを落とす。

ヨアヒムに続き、アナレナが倒れたところで、場内は騒然となった。

「よしっ、ずらかろう。長居は無用」

悪意は全くないが、王子を昏倒させたのだ。ウダウダしてつかまったら目も当てられない。父さんも、引き際《ぎわ》は見誤るなっていつも狩りのとき言うもん。ざ、残念ながら婿は見つけられなかったけど……。王都の素晴らしい料理を味わえたのだからヨシとしよう。ミュリエルは後ろめたい気持ちにふたをする。

ミュリエルは混乱をしり目に何食わぬ顔で会場をあとにした。


「あ～あー、今日も婿をつかまえられなかった」

ミュリエルは食べすぎてぽっこり膨れたお腹をさすりながら、早歩きで帰る。ミュリエルの人生において、これほどのご馳走をお腹いっぱい食べたのは初めてだ。今日は寝られるだろうか、ミュリエルは少しでも消化しようと、足を速めた。

10. あの女は誰だ

Lady throwing stones

「ルイーゼ、そなたとの婚約を破棄する」

その声が聞こえたとき、ダンは思わず舌打ちをした。ダンは王家の影だ。常日頃《つねひごろ》から、ヨアヒム殿下と、殿下に近づく者を監視している。

今日、王家の影は会場に五人配置されている。三人は殿下の近く、二人は後方だ。

ダンはミリーという妙な令嬢に給仕していたため、動き出すのが少し遅くなった。壁際《かべぎわ》をさりげない動きで移動し、ヨアヒム殿下の位置が確認できるところで止まる。

ダンはギョッとした。さっきまで信じられない量を食べていたミリーが、すぐ目の前にいるのだ。

一体いつの間に……。ダンの背中をイヤな汗が流れる。影である自分より先に絶好の位置にたどり着けるとは。この女、ただ者ではないな。

あの食べっぷりが見ていて気持ちよかったので、つい見過ごしてしまったが。もしや敵国の間諜《かんちょう》か。ダンは女を斜め後ろから注意深く観察する。

その間にも事態は進み、ヨアヒム殿下がルイーゼ公爵令嬢を糾弾《きゅうだん》している。

まずいな。陛下からは、基本的には静観せよと命じられている。何ごとかが起こっても、ヨアヒム殿下とその側近たちに対応を任せよと。王となれる器か、そして王を支えられる忠臣かを測るためだ。

ヨアヒム殿下が、最近おかしな男爵令嬢に入れ込んでいるのは知っていた。だがまさかここまで深刻だとは誰もつかんでいなかった。

殿下も年頃だから、たまにはつまみ食いもするだろうと軽く考えていた。どうする、止めるか。このままではヨアヒム殿下が王位を継ぐ可能性が消えることになる。

ふと、ダンは大食い女の手の動きに目がいった。あのガラス玉は……。ダンが止めるまもなく、女がガラス玉を放った。

ヨアヒム殿下が静かに倒れ、続いておかしな男爵令嬢も床に崩れ落ちる。

ダンは大食い女を今すぐ殺すか、それとも拘束すべきか逡巡《しゅんじゅん》する。他《ほか》の影から合図が来る。ただの気絶、泳がせろ。

他の影が大食い女の後を追う。

ダンはガラス玉を拾い上げると布に丁寧に包んだ。

「陛下に報告にいく。あとは任せた」

ダンは陛下の私室につながる秘密の通路を静かに進んだ。

◆　◆　◆

「へえ、ヨアヒムが婚約破棄ねぇ。何を血迷ったのやら」

アルフレッド王弟殿下がガラス玉を手のひらの上で転がす。

「それで、このガラス玉でヨアヒムが気絶させられたって？　おもしろい、実におもしろいじゃないか」

アルフレッドの言葉に王が顔をしかめる。

「アル、もう少し真剣に考えてくれ。ヨアヒムが男爵令嬢にそそのかされて、公衆の面前でルイーゼ嬢を侮辱《ぶじょく》したのだ。慎重に対応しないと、国が割れる」

「原因になった男爵令嬢は捕らえているのでしょう？　それに全てかぶせては？」

「ルイーゼ嬢とその父エンダーレ公爵の出方次第ではあるが……。場合によっては私の進退をかけねばならん。そうなったら、お前に王位を任せることになるぞ、アル」

「……そうならないように、動きますよ。少し時間をください」

「頼むぞ」

アルフレッドはガラス玉を指でつまんで、ガラス玉越しに王を見る。

「うまくコトを収めたら、その子を僕にくれますよね？」

「……捕らえた男爵令嬢のことか？」

「いえ、ガラス玉の方」

「……どこの馬の骨とも知らぬ娘だ。まずは綿密に調査した上での判断になるな。そもそも、なぜヨアヒムを攻撃したのか、それを明らかにする必要があろう」

王は難しい顔をしてアルフレッドをたしなめる。アルフレッドはダンに話を振った。

「ダン、君が一番その少女と近かったんだろう。君の意見を聞かせてくれよ。その子、どんな子だった？」

「はい、まっすぐに育った生命力の強い人物だと感じました」

「ふーん。ダンにしては珍しく褒《ほ》めてるよねぇ。それで、王都に来た理由はなんて？」

「はい、医学、法律、測量、土木などの知識を持つ健康な婿《むこ》を探しにきたと。持参金はなるべく多く得たいとのことです」

王はアゴを指でなでた。

「まさか、ヨアヒムを婿にと考えているのでは……」

「それはさすがにないと思うけど……。ダンはどう思う？」

「そのような大それた野望を抱いているとは、考えにくいかと。実は、婿候補の書かれた紙を見ました」

アルフレッドの目がキラリと光る。

「へえー、それは興味があるな。誰が書いてあった？」

「有能ではあるものの、身分や財力に恵まれない貴族の名前が多かったです」

「それ、あとで紙に書いてよ。どうせ全部覚えてるよねぇ」

「御意」

アルフレッドがあらゆる女性を骨抜きにしてきた笑顔を王に向ける。

「兄上、その子呼んでよ。会って直接聞くのが一番だよ」

「お前がやる気になると、ろくなことにならん」

「僕もそろそろ結婚しようかなーなんて」

アルフレッドはニヤリと笑った。

「隣国の王女はどうするつもりだ。お前に操《みさお》を立ててずっと待っておるぞ」

「気持ち悪いからやめてよ、兄上……。僕があいう女は無理って知ってるだろう」

「分かっておるが……。まさかお前、その娘に婿入りする気ではあるまいな」

「さて、どうでしょうね」

コロリコロリとガラス玉を指の間で転がす。

「立場をわきまえよ」

「この国難を治めるんですよ、それぐらいのご褒美《ほうび》があってもいいんじゃないですかねぇ？」

「……その娘を見て判断する」

「約束ですよ。では一週間ほど授業を休みにしましょう。基本的に生徒は自宅待機。図書館と騎士の訓練所ぐらいは開けてもいいですが」

「分かった。その間に諸々《もろもろ》、うまく調整してくれ」

アルフレッドはしばらく考えたあと、ダンに次々と指示を出した。

11. 血まみれの出会い

Lady throwing stones

「夜会は楽しかったの？」

「うん、とってもおいしかった」

ミュリエルは満ち足りた表情でマチルダに答える。

「……おいしかった？」

「肉がね、色んなソースがかかってて。デザートも宝石みたいにキレイで」

「ああ、そうなのね。いい男はいたの？」

「それがねぇ、食べるのに夢中で……。ははは」

「ミリーらしいわ」

「次はがんばるね」

ミュリエルは部屋に入って、ドレスを脱ぐと気楽な部屋着に着替えた。ゴロンとベッドに寝転がる。

ルイーゼ様、キレイだったなあ。料理もおいしかったし、楽しかったあ。誰とも踊らなかったって言ったら、イローナに怒られそう……。どうしよう。

ミュリエルは少し気に病んだが、てへっ、ごめーんで済ませることにした。イローナは優しいから大丈夫だろう。ミュリエルはぐっすりと眠りに落ちた。自国の王子を気絶させたことは、すっかり記憶の彼方《かなた》に追いやった。

翌日、ミュリエルが学園に行くと、門の前に人だかりがしている。

「ミリーおはよう」

ブラッドに声をかけられた。

「どうしたのこれ。なんの騒ぎ?」

「今週いっぱい授業休みだって」

「なんで?」

「……そりゃあ、昨日の夜会の騒ぎを収拾させるためじゃない?」

「ああー」

すっかり忘れていたミュリエルである。

「図書館と訓練所は開いてるんだって。私は本を借りるつもりだ。ミリーも行く?」

「行く! 本は借りないけど、婿《むこ》候補がいたら教えてくれない?」

「いいよ。そう言うと思った」

ブラッドはさらっと図書館を見回すと、さりげなくひとりの男子に目線を送る。

「あれがフランツだ」

フワフワの栗色の髪に、大きなメガネをかけたヒョロヒョロした男子生徒がいる。背はミュリエルよりわずかに低いが、ミュリエルが猫背になれば問題なさそうだ。

ミュリエルは虎の巻で確認する。

「フランツ・マッケンゼン男爵子息。四男。持参金は期待できそうにないけど、それなりに健康そうだし、いいかもしれない」

「がんばれよ」

「うん。……ねえ、ブラッドは明日も図書館来る？」

ミュリエルはチラリとブラッドを見た。

「そうだな、図書館で勉強してもいいよ。婿候補の顔が分からないんだろう？」

勘のいいブラッドはすぐ分かってくれる。

「そうなの。そしたら明日もこれぐらいの時間にくるね。なんか色々ありがとね」

「気にしなくていい。友だちじゃないか」

「うん。じゃあ、また明日」

ふたりは笑顔で別れた。

「やっぱり、危ない目にあってるところを、颯爽《さっそう》と現れて助けるのがいいと思うんだよね」

小さいときから、男女関係なく狩りをする領地で育ったミュリエルは、思考が男だった。

「誰かフランツを襲ってくれないかなあ。魔獣でもいいんだけど」

人の命をなんだと思っているのか。ミュリエルは勝手なことを願っている。

おっと、フランツが本を落とした。本を拾おうとしているぞ。あっ馬車がーー。

ミュリエルはフランツを抱えて道路脇に転がった。

「大丈夫ですか？　怪我《けが》はない？　さあ、立ってください」

ミュリエルはフランツのずれたメガネをかけなおし、とびっきりの笑みを見せた。ばあさん直伝の色気ほとばしる笑顔だ。

「あ、ありがとうございます。服が汚れてしまっています。弁償させてください」

「それは……」

たいへんありがたい、と思ったが、ここで欲をかいてはいけない。ミュリエルは自制した。

「洗えば大丈夫ですから、お気になさらず。では失礼します」

ミュリエルはわざとゆっくり歩きだす。

「あ。あの……」

よしっ。

「帽子忘れてますよ」

「あ、ありがとう」

なにごともなく別れて、ミュリエルはがっかりする。せめて名前ぐらい聞かんかい。ヘタレか。

「いや、助けてもらっても名前聞きたくないぐらいに、私に魅力がないってことか。せっかく都合よく馬車にひかれそうになってくれたというのに……」

ミュリエルはさらに落ち込んだ。部屋に帰って、婿候補一覧からフランツの名前を消した。

◆
◆
◆

アルフレッドはガラス玉を手の中で転がしながら、影たちが持ってきた情報を素早く吟味《ぎんみ》する。

「当たり前だが、ルイーゼ嬢とエンダーレ公爵は婚約解消を望んでいるか。しかし、ここで婚約解消されると僕が王位を継がなければならない……」

何かいいネタはないか。アルフレッドは書類を次々読んでは、隣に積み上げる。

「これは……ルイーゼ嬢が愛読している本か。ふっ、なるほど……。エンダーレ公爵には手っ取り早く利権、あるいは派閥……。このネタを使うか。……使うとなると、僕が覚悟を決めなければならないが……」

アルフレッドは書類をまとめると立ち上がった。

「あの子に会いに行くか」

アルフレッドはなぜ自分がワクワクしているのか、よく分からない。女には興味がなかった自分が、なぜ十も年下の少女に惹《ひ》かれるのか。まだ顔も見ていないのに。

アルフレッドはポケットからガラス玉を取り出す。ひんやりして透き通った美しいガラス玉だ。

「こんなガラス玉で人をふたり倒すなんて。しかもダンが止められないほどの早業《はやわざ》。ふふっ、やはり会ってみたい。どんな子だろうか」

アルフレッドは黒色のカツラをかぶり、平民の服に着替える。護衛をひとり連れると街へ忍び出た。目的の家の前に着くと、影が静かに近づき目線で促《うなが》す。

なんということのない、普通の民家だ。こんなところに住んでいるのか、その子は。アルフレッドは家の位置を頭に叩《たた》き込むと、影に着いて歩き出す。

三人は無言のまま街中を抜け、森の中へ足を踏み入れた。

「いつもは湖付近で狩りをしています」

影がポツリと言葉を落とした。

アルフレッドは頷《うなず》くと影の踏み分ける道をゆっくり静かに歩く。小鳥のさえずりと、小さな動物がたてるカサコソという音だけが聞こえる。

道なき道だ。落ち葉が重なった土は柔らかい。足元に気を取られると、枝に顔を打たれる。アルフレッドは全身を緊張させて歩く。

このようなところで、ひとりで狩りをするなんて。危ないではないか。いや、狩りが盛んな領地だから、これぐらいは当たり前なのだろうか。自分にはとてもできないな、アルフレッドは少し息を吐く。

森の中はうっそりと薄暗い。たまに差し込む木漏《こも》れ日が、前を歩く影の頭を照らす。

どんな子だろう。会って何を話そうか。それとも遠くから見るだけにするか。少し微笑《ほほえ》むだけで、女はすぐベラベラとしゃべりだす。そういう女だったらがっかりだな。

アルフレッドは木から葉っぱをちぎって、手でもてあそびながら考える。できれば、一目惚《ぼ》れはよしてほしい。女がポーっと自分の顔をうっとり眺《なが》め、思考停止する様はあまり見ていて気持ちのいいものではない。この顔と王弟という地位は便利だが、たまには外側だけではなく中身も見てほしい。

アルフレッドはそんなことを考えてから、自嘲《じちょう》した。女というだけで、うがった見方をしているのは自分も同じだった。人として、きちんとその子と向き合ってみよう。アルフレッドは決めた。

大きな木の周りに少しだけ開けた場所があった。三人はしばし息を整えるために立ち止まる。

「前っ」

上から高い声が降ってきた。慌《あわ》てて辺りを見回すと、土ぼこりがこちらにむかってくる。

「猪《いのしし》だっ」

影が焦《あせ》った声を出し、剣を抜く。護衛も続いて剣を抜き、アルフレッドの前に出る。

石が三つ続けざまに放たれ、頭上からトンッと何かが飛び降りる。それは煌《きら》めく光をひるがえすと、次の瞬間、猪の首を切り裂いた。赤い鮮血がほとばしる。飛び散る血が少女の顔と腕を赤く染める。

「怪我は?」

鋭く問われ、アルフレッドは慌てて答える。喉《のど》がカラカラなことに気づいた。

「な、ない」

少女は猪の血を抜くと、注意深く血だまりに土をかけた。

少女はおもむろに大きな猪を担《かつ》ぐと、短く言う。

「ついてきて」

三人の男は足早に進む少女の後を追いかける。しばらく歩くと、湖が見えた。

少女は猪を下ろすと、水際《みずぎわ》まで行き腕と顔を洗う。水が赤く染まった。バシャバシャと何度も水をすくい、顔と腕をこする。しばらく腕を色んな方向にひねって眺めたあと、満足したのか、少女はアルフレッドの方に歩いてきた。

「お兄さんたち、森に入るなら香水はご法度《はっと》。いい、二度としないで」

少女に厳しい顔で怒られた。

「動物たちがザワザワしてるから、気になって行ってみたからよかったものの。猪の角で太もも刺されたら、血がドバッて出るよ。危うく三人とも失血死するところだったよ」

少女は濡《ぬ》れた服を絞《しぼ》って水を落としながら続ける。

「この猪だって、お兄さんたちが来なければ死ななくて済んだのに。この猪、お母さんなんだよ。子どもがあの辺りにいたの。だからあんなに怒って襲ってきたんだ。子どもたちが母親なしでいつまで生きられるか分からない」

少女に冷たい目で見つめられ、アルフレッドは恥ずかしくなった。

「すまない。好奇心で来てしまった。森には二度と入らない、約束する」

「うん。ここはね、貴族のご令息が来るような場所じゃないよ」

「……どうして貴族と分かった？」

「そりゃあ、平民は香水なんてつけないし。それに、お兄さんの手は貴族の手だ」

ほら、少女はアルフレッドの手の隣に、自分の手を並べた。傷ひとつない、爪《つめ》の先まで柔らかな手と、傷だらけでゴツゴツと荒れた少女の手。

「それに、そっちのお兄さんは護衛でしょう？　もうひとりのお兄さんはなんか妙な感じだけど……」

護衛と影がビクッとする。

「さあ、街の入り口まで送っていくよ。もう行こう、そろそろ暗くなる」

猪をかついだ少女を先頭にし、四人は静かに森を抜けた。

「ここまで来れば、もう大丈夫。じゃあね」

あっさりと行こうとする少女を、アルフレッドは慌てて止める。

「待ってくれ。何かお礼をさせてくれ」

「ええー、いいよそんなの。困ったときはお互い様でしょう」

「いや、それでは僕の気がすまない」

少女は照れながら言う。

「うーん、そしたらさ、誰かいい貴族男子知ってたら紹介してよ。婿がいるんだよね」

「分かった、必ず紹介する」

「本当？　やったね。私、ミュリエル・ゴンザーラって言うの。ミリーって呼んで。これでも一応男爵家なんだ。学園に通ってるからね、いい人見つけたら、学園に連絡してくれる？」

「分かった、約束する。……僕でも候補には入れるだろうか？」

アルフレッドは平静を装って問いかけるが、胸は早鐘《はやがね》のように打っている。

「もちろん大歓迎だよ。でもお兄さん、相当上位の貴族だよね。所作がキレイすぎるもん。私の領地に婿入りは無理じゃないかな」

「いや、なんとか調整する」

アルフレッドはきっぱりと答えた。

「ホントにー？　ははは、期待しないで待ってる」

「ああ、待っていてくれ、ミリー。僕は……名前は次会ったときに言うよ」

「うん、じゃあね」

猪をかついで悠々《ゆうゆう》と歩いていくミュリエルの後ろ姿を、アルフレッドはいつまでも見送った。

「ミリーがほしい」

アルフレッドは生まれて初めてほしいものが見つかった。アルフレッドの色あせた世界に鮮《あざ》やかに降り立った。あの少女を得るためなら、なんだってしよう。アルフレッドは震える手を強く握りしめた。

12. 男たちの攻防

Lady throwing stones

「ブラッドおはよう〜」

「ミリーおはよう、元気だな」

「昨日は四人もの男性を助けたからね」

「……詳しく」

ミュリエルは身ぶり手ぶりをまじえながら、迫真の演技で昨日の騒動を伝える。図書館なので、超小声だ。

「フランツは見通しが暗いけど、その高位貴族は脈アリでは？　よかったな」

ブラッドがそう言ってくれて、ミュリエルは嬉《うれ》しくなった。

「うん、でもぬか喜びにならないようにしないと。引き続き尾行は続けるよ」

ブラッドがスーッと館内を見回した。

「今日はあそこにマティアスがいるよ」

「マティアス・コーパー男爵子息。次男。法律を専攻予定。ほほー賢そうだね。じゃあ、つけてくるね」

今日はマチルダの作戦を試してみるつもりだ。マチルダは恋愛小説が大好きで、色んな出会いの場面に詳しい。ウキウキしながら色んな案を提案されたけど、難しいものが多かった。

沈没間際《まぎわ》の大型船での出会いなど、そもそも陸上では不可能だ。娼婦《しょうふ》になって街角で立ちんぼをしてるときに、貴族に買われるとか。母が泣くぞ。

あとは幼馴染《おさななじみ》との純愛とか。ミュリエルの幼馴染はみんな領地にいる。今さらあいつらと結婚する気にはなれない。あいつらもミュリエルを女だと思っていない。

マチルダが熱く語れば語るほど、ミュリエルの目が白くなったものだ。マチルダの案の中で、比較的できそうなものを早速やってみよう。

ミュリエルは狩りのときと同様に気配を消して、マティアスに近づく。マティアスの手に集中し、今だっ。

「あ、ごめん」

「キャッ　ごめんなさい」

『四大国の法律比較論』の背表紙の上で、ミュリエルとマティアスの手が重なった。

「あの、私は違う本を読むのでどうぞ」

両腕をギュッと寄せ、胸を強調しながら上目遣《うわめづか》いに本を差し出す。

「あ、ありがとう」

マティアスが戸惑いながら本を受け取る。ミュリエルはマティアスの視線を意識しながら、ゆっくりと違う棚に移動する。

同じことを二回繰り返し、ミュリエルは潮時だと判断した。やり過ぎ注意とマチルダに言われていたのだ。

達成感を味わいながら、ミュリエルは図書館を出た。

◆ ◆ ◆

「リチャード・セレンティア子爵、突然呼びだてしてすまない」

「アルフレッド王弟殿下のご用命とあらば、いつなりと」

かくしゃくとした老貴族が柔和だが油断のない目つきで、アルフレッドに相対する。

「僕はまだるっこしいことが嫌いだから、単刀直入に言おう。セレンティア子爵の孫娘、ミュリエルのことだ」

椅子《いす》の肘《ひじ》かけに置かれたセレンティア子爵の手がわずかに動く。

「ミュリエルが何か？」

「彼女に惚《ほ》れた。婿《むこ》入りしたい。手伝ってくれ」

セレンティア子爵がわずかに後ろにのけぞった。

「これはこれは……。なんのご冗談でしょうか。まだ昼間ですぞ。酔うには早すぎませんか、殿下」

「先日の夜会で、ヨアヒムが倒れた件は？」

「はい、原因不明で調査中とのことでしたな」

「ミュリエルがやった。このガラス玉で」

カタリとガラス玉を机に置く。

「なっ……」

「不敬罪に問うつもりはない。……今のところは」

セレンティア子爵が探るような目でアルフレッドを見る。

「何がお望みですか」

「僕がミュリエルに婿入りするには、ヨアヒムに王位を継いでもらわないといけない」

「ルイーゼ・エンダーレ公爵令嬢との仲をとりもてと、そういうことでしょうか？」

「いや、そっちはこちらでなんとかする。セレンティア子爵には、エンダーレ公爵の派閥に入ってもらいたい」

セレンティア子爵は眉間《みけん》にシワを寄せて黙った。

「悪い話ではないはずだ。エンダーレ公爵はいずれヨアヒム新国王の元で権勢を誇る。あなたは王弟を婿入りさせたミュリエルの祖父としての立場を得る」

「………………」

アルフレッドは押し黙るセレンティア子爵に、片眉《かたまゆ》を上げて問いかける。

「セレンティア子爵がミュリエルの母君と縁を切って、十八年？」

「十九年、まもなく二十年になります。手塩にかけて育てた愛娘《まなむすめ》シャルロッテを、あの男が……あの山猿め。裸足《はだし》の男爵と揶揄《やゆ》される貴族崩れのロバート・ゴンザーラが……」

セレンティア子爵が真っ赤《まっか》になった。肘かけの上の手がブルブル震える。

「それだけ魅力があるのだろうね、ミュリエルの父君は」

アルフレッドはサラリと追い討ちをかけた。

「ありえません。あんな田舎《いなか》の、礼儀知らずで教養も何もない……。平民と共に石を持って野山を駆け回るのですぞ。シャルロッテは、淑女として完璧に育てました。公爵家との婚約話もあがっていたというのに」

「それをロバート卿がかっさらったと……」

アルフレッドは片ひじをついて、伸ばした二本の指にこめかみを預ける。

「なぜだ、私には分からない。貴族女性として最高の幸せを用意してやったというのに。聞けば、ミュリエルはろくな淑女教育を受けておらぬというではないですか。なんなら今からでも私が手配して……」

「いや、それには及ばない。ロバート卿とシャルロッテ夫人は、わざとミュリエルに淑女教育をほどこしていないと思われる」

「なぜです、それではまともな婚約者が望めない」

セレンティア子爵は必死の表情でアルフレッドを見た。

「ミュリエルに淑女教育をほどこして、普通の貴族子息を婿入りさせたとして、結婚生活が続くとでも？　よくてひと月、下手《へた》したら三日で逃げられる。あの領地は、普通の貴族が暮らせる土地ではない」

「しかしそんな……」

「破天荒なロバート卿に心底惚れたシャルロッテ夫人。子どもは六人でしたか？」

セレンティア子爵が頷《うなず》く。

「あなたの娘は幸せだ。例え靴を履かなくてもね」

セレンティア子爵は下を向いた。

「どんな女にもなびかなかった僕が、野生的なミュリエルに骨抜きになった。王弟を落とせる娘を育てた。それがロバート卿とシャルロッテ夫人だ。たいしたものだと思わないか」

「……………」

アルフレッドは優しく言う。

「僕とミュリエルの結婚式の最前列を約束しよう」

「領地への訪問もお許しいただきたい」

セレンティア子爵が落ち着いた声で答える。

「分かった」

「お申し出を謹《つつし》んでお受けいたします」

ふたりはしっかりと手を握った。

「結婚が決まったら、僕のことはアルと呼んでください。リチャード義祖父殿」

「それはまた気のお早いことで」

セレンティア子爵の顔がようやくほころんだ。

13. 外堀は埋められていく

Lady throwing stones

「おはよう～ブラッド」

「おはよう、ミリー」

「あれ、ブラッド大丈夫？　なんか元気がないような」

なんだかブラッドの顔がこわばっている。

「いや、大丈夫だよ。……今日は婿《むこ》候補が誰も来てないんだ」

「え、そうなのー、残念。せっかくマチルダさんと新しい作戦立てたのに」

ミュリエルはがっかりして口をとがらせる。

「私は明日から図書館に来られそうにないんだ。悪い」

ブラッドが残念そうに謝った。

「いいんだよー。そしたら、学園が再開したらまた教えてね」

「ああ」

ミュリエルは元気な足取りで図書館を出て行った。

「これでよろしかったでしょうか？」

ブラッドは本に目をむけたまま、小声でつぶやく。

「ええ、上出来です。殿下もお喜びになるでしょう」

さりげなく隣の席に座った男が静かに返事をする。

「殿下がお褒《ほ》めになっていました。あなたの人を見る目は確かだと。王宮でどんな仕事に就きたいか考えておきなさい」

◆　◆　◆

「ノーマン・エンダーレ公爵、急な訪問ですまない」

「アルフレッド王弟殿下、わざわざ拙宅《せったく》にお越しいただけるとは。恐悦至極《きょうえつしごく》に存じます」

壮年の紳士がうやうやしくアルフレッドを迎える。

「いや、謝らなければならないのは、こちらなのだから。ルイーゼ嬢には別途時間をもらって、ヨアヒムから詫《わ》びさせる」

「いえ、滅相《めっそう》もございません」

「詫びさせてやってくれ。あれも反省している」

「…………」

エンダーレ公爵の顔はピクリとも動かない。

「エンダーレ公爵とルイーゼ嬢のやるせない気持ちは分かる。衆人環視の前で貶《おとし》められて、許すことなどできまい」

アルフレッドは真剣な目でエンダーレ公爵に語りかける。

「しかしな、そこをどうにか飲み込んでもらいたい。条件はふたつだ。ロンザル鉱山の利権、そしてセレンティア子爵の派閥入りだ」

エンダーレ公爵とアルフレッドの視線が交差する。

「すぐにとは言わないが、近日中に答えが欲しい。が、その前にルイーゼ嬢を借りてもよいか。ヨアヒムに恨《うら》みをぶつけてもらい、その上で婚約について再度考えてもらいたいのだ」

「承知いたしました」

アルフレッドは表情の読めないルイーゼを優雅にエスコートする。王家の馬車がふたりを乗せ、軽やかに走る。アルフレッドもルイーゼも窓の外を眺め、会話はしない。ふたりとも、物思いに沈んだままだ。

アルフレッドはルイーゼを王宮の奥の部屋に連れて行った。

「悪いがここで待っていてくれるか。ヨアヒムの本音を聞いて判断してほしい。そこの鏡から、部屋の様子が見える。声も聞こえるはずだ」

「はい」

ルイーゼは鏡の前に座った。アルフレッドは隣の部屋に入っていく。ソファーに座ったヨアヒムが顔を上げる。輝くばかりだった美貌《びぼう》はすっかり影をひそめ、やつれて精彩を欠いている。

「アルフレッド叔父上……」

「ヨアヒム、どうだ。少しはまともに考えられるようになったか?」

「はい。私はなんということを……」

「そうだな、大変なことをしでかしてくれたものだ」

アルフレッドは、うなだれるヨアヒムの隣に腰掛けた。

「それで、お前はどうしたいのだ。あの男爵令嬢にまだ心があるのか、それともルイーゼ嬢に頭を下げて許しを請いたいのか。どちらだ」

「アナレナのことは、もうなんとも思っていません。私はどうかしていたのです。あれほどルイーゼとの結婚を待ち遠しく思っていたのに。……なぜ」

「なぜなのだ?」

ヨアヒムはうっと息を詰まらせる。

「……ほんの少し、ルイーゼに対して引け目を感じていました。ルイーゼはいつも超然として、清潔で汚れを知らない。ルイーゼは常に正しい。それが息苦しいときがありました」

ポツリポツリ　ヨアヒムは言葉を選びながら思いを吐き出す。

「完璧と称されるルイーゼの隣に立つには、私も常に完全な王子でなければならないと。肩肘《かたひじ》を張っていたように思います」

ヨアヒムが横目でアルフレッドを見る。

「そんな私の弱い心に、アナレナを入れてしまった。そのままの私でいいという、甘言に耳を傾けてしまった。不足があっても、共に歩んで行こう、そうルイーゼに言われたかったのだと……」

「よくある手だ。世間知らずなお坊ちゃんは、ダメな自分を肯定してくれる存在に弱い」

アルフレッドは冷たく突き放す。

「ヨアヒム、ルイーゼ嬢に這《は》いつくばって許しを乞《こ》え。ダメな私を愛してくれと泣いてすがれ。高みで孤独に震えるのではなく、自分をさらけ出してみっともない姿を見せてみろ」

「は、はい」

「ルイーゼ嬢、こいつの泣き言を聞いてやってくれないか?」

やや顔を紅潮させたルイーゼが静かに部屋に入ってきた。

アルフレッドは、ルイーゼの足にすがって泣くヨアヒムから視線を外すと、部屋を出て扉を閉める。

「これでうまく行くといいけどな……。あー疲れた。ミリーの監視報告書でも読んで癒《いや》されるか」

それにしても、ルイーゼ公爵令嬢についての調査報告書を挙げた影には給料をはずまないといけない。

『ルイーゼ公爵令嬢は、ダメ男を育てる令嬢物語にハマっている』

あの興奮が隠しきれないルイーゼの様子からすると、当たりだったようだ。

せいぜい無様に愛を乞え、ヨアヒム。

アルフレッドは哀《あわ》れな甥をひっそりと激励した。

14. 陛下からの呼び出し

Lady throwing stones

ようやく学園が再開された。ミュリエルが教室に入るなり、イローナにつかまる。

「ねえねえ、聞いた？　ヨアヒム殿下、謹慎《きんしん》させられてるんだって」

「ふーん」

「ふーんて。もっと驚きなさいよー」

イローナが口をとがらせる。

「いやーだってさ、夜会であんな醜態さらしたら、そら怒られるよね」

「まあねー、家でやれやってみんな思ったもんねー」

イローナがうんうんと同意する。

「殿下とアナレナさんがいきなり倒れた理由は調査中だって」

「へ、へー」

ミュリエルの目が少し泳いだ。

「あのアナレナさんはどうなったの？」

「アナレナさんも自宅で謹慎中だって。男爵令嬢があんなに目立っちゃまずいよね」

「そうね。私も貧乏領地の娘として、集団に埋没して生きていくよ」

「賛成」

イローナもミュリエルもしがない男爵令嬢だ。イローナは金持ちで、ミリーは貧乏という違いはあるが。貴族界での最底辺にいるのは間違いない。

「それで、夜会でもいい男つかまえられなかったけど、どうすんの？」

「どうしよう……」

「食べてる場合じゃなかったんだよ、もっとグイグイいかなきゃ」

ミュリエルは困った顔で目をあちこちに動かす。

「そんなこと今更言われても。あんな洗練された都会の料理見せられたら、一年分食べなきゃってなるじゃない」

「色気より食い気の間は男なんてつかまえられないんじゃない」

「なによー、ちょっと自分が婚約者いるからってさー」

「まあね、アタシは金で婚約者買ったようなもんだけどね」

イローナが得意げに巻き毛を揺らす。

「そこに愛はないの？」

「愛ー？　金がある間は愛もあるんじゃないのー」

イローナはとても現実的だ。実家が商家だけあって、打算的と言ってもいいかもしれない。

「いざとなったら、うちの兄貴のどれかあげるよ」

「ありがとうございます！　イローナさま。持参金をはずんでください」

「うむ、よいぞ」

「やった！」

ミュリエルは小さく拳《こぶし》を握った。

「でもうちの兄貴たち、都会育ちで弱っちいよ。虫みたら叫ぶよ」

「大丈夫、金さえあればなんとかする」

「ははは」

「失礼ですが、ミュリエル・ゴンザーラ男爵令嬢でいらっしゃいますか？」

とってもスッとした感じの紳士が声をかけてきた。

キターーー。

「はい、そうですが？」

内心の大騒ぎをぐっと押し込めて、ミュリエルはよそ行きの顔を作った。ばあさんたちに何度もダメ出しをされたうえで作り上げた、汗と涙の結晶である。右側の方がキレイというばあさんたちの意見に従って、やや顔を左に傾け、斜め上に紳士を見上げる。

ミュリエル渾身のドヤ顔に、紳士は穏やかな表情のまま手を差し出した。

紳士は穏やかな表情を変えずに、ミュリエルに手を出す。

これは……これがホンモノのエスコート。

ほわほわーんとなりながら、ミュリエルはイローナに、あとでねっと目線で伝えた。

「あの、どちらへ？」

「王城へご案内いたします。陛下がお待ちでいらっしゃいます」

紳士は小声でささやいた。

「えっ、どうしてですか？」

「私の口からは申し上げられません」

なんですとっ。ミュリエルの頭は忙しく回転し始めた。どうしよう。

紳士を気絶させて領地まで逃げるか？　いや、ダメだ。名前がバレてるからすぐつかまる。

ぐるぐるぐるぐる結論の出ないまま考え続け、なにもいい案が浮かばないまま王城に着いてしまった。最悪である。

謁見《えっけん》の間に連れていかれる。強そうな騎士たちがミュリエルを見つめている。

どこまで進んでいいか分からないミュリエルだったが、紳士がしかるべき場所で立ち止まってくれた。言われるままに跪《ひざまず》く。私、死ぬのかな。こんなことなら、もっと王都のお菓子食べておけばよかった。

節約せずにパパーっとお小遣《こづか》い使っておけばよかった。ミュリエルは後悔した。

「ミュリエル・ゴンザーラ男爵令嬢、おもてを上げなさい」

紳士に言われてミュリエルは顔を上げた。上の方に玉座に座っている、国王陛下。陛下、ヨアヒム殿下によく似てるな。

そんなのんきなことを考えていたら、紳士がとんでもないことを言い出した。

「こちらのガラス玉、あなたの物ですよね？」

なんでー、バレてるー。

「……はい」

ミュリエルは諦《あきら》めた。これは処刑だ、間違いない。父さん、母さん、姉さん、たくさんの弟たちよ、さようなら。ミュリエルは立派に散ります。

「王家の影が、すんでのところでそなたを殺すところであった」

突然、陛下に声をかけられてミュリエルは身がすくんだ。

「すぐ、ヨアヒムが気を失っているだけと気づいたのでよかったが。なぜあのようなことをした」

「はい。ヨアヒム殿下がご乱心だと思ったからです」

「ふむ。考えは間違っておらんが、手段が悪かったな」

王は眼光するどくミュリエルを見つめる
「だがまあ、ヨアヒムを止めてくれたのはありがたかった。あれ以上醜態をさらしておれば、廃嫡《はいちゃく》にせねばならんところであった」

王は鋭い視線を少しだけやわらげた。

「よって不問といたす」

父さん、母さん、姉弟たちよ。なんか首の皮一枚で生き残ったっぽいよ。ミュリエルは深く息を吐いて吸った。

「そなた、なかなかいい腕をしているが、騎士団で働いてみるか？」

とっても心惹《ひ》かれる提案だが、ミュリエルの将来は父によって既《すで》に決められている。

「私は領地に戻って、領民に尽くすと決めております」

「そうか。では何か褒美《ほうび》をつかわそう。望みのものはあるか？」

お金がいいです！　喉元《のどもと》まで出かかったが、あまりに無礼だろうとミュリエルは飲み込んだ。

「金品もつかわすが、それ以外で何かあれば言ってみよ」

マジですか。

ミュリエルは領地で覚えた『王都で気を付けるべき十か条』を必死で頭の中で唱える。

『王家には絶対服従。ただし命が危ない場合は逃げてよし』

絶対服従ということは、望みを言っていいってことよね。ミュリエルは覚悟を決めた。

「医学、法律、測量、土木などの知識を持つ健康な婿《むこ》を望みます。持参金はなるべく多くいただきたいです」

謁見の間に沈黙が流れた。王はわずかに口をゆがめる。

「探してみよう」

こうして、ミュリエルは理想の婿を手に入れる機会を得た。

15. 婿入りとは本気ですか？

Lady throwing stones

謁見《えつけん》のあとスッとした紳士は、動揺を隠しきれないミュリエルを、柔和な笑顔でエスコートしてくれた。

「どうぞ、ジャックとお呼びください」

そう言って、ジャックはミュリエルを王宮の奥まで連れて行く。

「お入りください」

ためらいがちに部屋に入ると、そこは上品とはこのことかとミュリエルにでも合点《がてん》がいく内装であった。イローナが言ってたのはこれか、ミュリエルはようやく分かった。

深い緑の壁紙に、金の浮き出た紋様が施されてる。金が多用されていても、ギラギラした感じはなく落ち着いている。

ミュリエルより大きな肖像画がいくつも壁に飾られている。肖像画はどれも豪華な金の額縁に入っていた。

あ、ヨアヒム殿下だ。陛下も。これは誰だろう……。

「アルフレッド・ローテンハウプトだ。アルと呼んでくれ」

ミュリエルがたった今眺《なが》めていた肖像画と同じ、どえらい美貌《びぼう》の男性が、いつのまにか隣に立っている。

「ローテンハウプト……。この国の名前、ということは王族の……？」

「そう、王弟だよ。僕のこと覚えてない？　ミリー」

「？」

「あのときは変装していたからな。分からない？　この前、森でミリーに助けてもらっただろう。

あのときは、ありがとう。そういえばちゃんとお礼を言っていなかったね」

「アルフレッド王弟殿下……」

アルフレッドは麗《うるわ》しい笑顔でミュリエルを見つめる。

「アルって呼んでほしいな。なんといっても、僕はミリーの婚約者になるんだから」

「ええっ」

「あのとき約束しただろう？　万難を廃して調整したよ。僕はいつでも婿《むこ》入りできる。いつがいい？」

「えええええー」

「さあ、座ってゆっくり話そう。おいしいケーキも用意してあるからね」

アルフレッドはなめらかな動作でミュリエルの腰に手をやると、ソファーまで導く。

「どうぞ」

給仕の格好をした影のダンが、紅茶を机に並べていく。

「あ、あのときの。あのときはどうもありがとう」

「いえ、これが仕事ですから。料理長が腕によりをかけて作りました」

大きな皿に、夜会のときより見事なケーキが盛りつけられている。

「うわああ」

「ミリー、僕が食べさせてあげる」

アルフレッドがフォークを取ろうとするが、ミュリエルは先にささっとフォークをつかんだ。

「いえ、結構です」

「つれないなあ」

「いえ、味が楽しめなくなるので。料理長に悪いじゃないですか」

アルフレッドは次々とケーキを口に運ぶミュリエルを、隣でニコニコと見つめる。

「アルフレッド殿下は食べないんですか？」

「ん？　そうだな、少し食べようか」

アルフレッドはミュリエルの口の端についたクリームを、長い指でそうっと取ると、ペロッとなめる。

こんなことする人、本当にいるんだ。ミュリエルの目が点になった。

これはマチルダが、胸がキュンキュンするオススメの恋愛場面と言っていたアレではないか。

ミュリエルは頭を振って、ケーキに集中する。

アルフレッドが少しずつミュリエルに近づき、今やふたりの体はピッタリとくっついている。

なんか、くすぐったいな。

アルフレッドがミュリエルの髪を指に巻きつけて遊んでいる。

「あのー、少し離れてもらえませんか？　気が散って食べられません」

「クッ、僕にそんなこと言うの、ミリーが初めてだよ。たまらない」

アルフレッドはほんの少しだけ体を離してくれた。

ミュリエルは諦《あきら》めて、なんとかケーキに意識を向ける。こんな美形で王族がなんでまた。

「こんな美形で王族がなんでまたって、そりゃあ惚《ほ》れちゃったからだよ」

「え、私、声に出してた？」

「いや、そんなことはないけど。ミリーはすぐ顔に出るから」

ミュリエルは思わず手で顔を覆う。

「気にしなくていいんだ。そのままのミリーが好きなんだ」

あ、甘ーい。全部食べ終わったケーキより甘いアルフレッドの言動に、ミュリエルの頭は大混乱だ。

「大丈夫、毎日聞いていればすぐ慣れるから。僕のお姫様」

とろけるような笑顔で言われて、ミュリエルは思わずソファーの背に体を打ちつける。

「ひえぇぇ。よくそんな顔でそんなことを」

「あれ、女の子はこういうの喜ぶって思ってたけど、ミリーはイヤ？」

「イヤ……ではないけど……。どう反応していいか分からない」

「好きなように反応して。僕は色んなミリーが見たいんだ」

手の平にチュッとされた。

「うわぁぁぁ」

ミュリエルは手を引っこ抜いて絶叫する。

「ははは、おもしろいな」

「あ、遊ばないでほしい」

「だって、今までこんなおもしろい女の子、見たことないし。ダメ？」

潤《うる》んだ目で見つめられて、ミュリエルの背中がゾクッとする。

「ダメ……ではないけど。なんか落ち着かないんだけど」

「そのうち慣れるよ。さて、いつ領地のご両親に挨拶《あいさつ》に行こうか。明日？」

「はあっ？」

「だって早い方がいいだろう。そりゃあ僕は王弟だから、権力使って今すぐ婚約しちゃってもいいけど。やっぱりミリーのご両親には先に挨拶したいじゃない」

「それはそうですけど。え、本気で婿入りするの？　王弟が？　そんなの無理じゃない？」

「大丈夫大丈夫。なんとでもできるから。ミリーは何も気にせず、少しずつ僕のことを知ってくれればいいよ」

「ええええええ」

アルフレッドは少し憂《うれ》い顔になる。

「万難を排したけど、邪魔が入らないわけではないんだ。早く婚約を整えたい。悠長《ゆうちょう》にしていると誰が何を言い出すか分からないから。ミリーは僕の婿入りじゃ不満？」

「不満じゃないけど……。急すぎて頭がついていかない」

「領地まで数日かかるから。その間にゆっくり考えてみたら？」

「は、はあ……」

「明日迎えに行くからね」

「はい……」

美貌の王弟に言いくるめられて、ミュリエルはなんだかよく分からないうちに領地行きを了承した。


翌朝、馬車五台と護衛がいっぱいとアルフレッドが下町に現れた。ご近所さんたちは遠巻きに眺めてヒソヒソしている。なんとか間に合ったイローナとブラッドも、こわばった顔で固まっている。ミュリエルはとりあえずアルフレッドとイローナとブラッドを家の中に押し込んだ。

アルフレッドが居間に入るが、違和感がすごい。きらきらしい王族が普通の民家に溶け込めるわけがないのだ。

アルフレッドがにこやかにマチルダとジョニーに挨拶をし、ふたりが卒倒しそうになるのをミュリエルが支える。

「なんだか慌《あわ》ただしくてすまない。ミリーに惚れてしまった。立場が立場なので、早急に婚約を整えたいのだ」

アルフレッドの言葉にマチルダとジョニーが口を開けるが、言葉が何も出てこない。

「ミリーをお願いいたします」

マチルダがやっとのことで言葉を絞《しぼ》り出した。

「全力でミリーを守ると約束する」

アルフレッドが力強く請け負った。

「また会えるよねっ」

イローナがひしっとミュリエルに抱きつく。

「大丈夫、式はこちらでも挙げるから」

アルフレッドが答える。

「あ、そうなんだ」

ミュリエルは初耳なのでビックリする。

「そうなんだって……」

ブラッドが思わずこぼして、慌てて口を押さえる。

「ミリー、大丈夫なの？　イヤじゃない？」

イローナが小声でささやく。

「大丈夫だよ。イヤじゃないよ。ちょっとまだ混乱してるけど」

「そっか。手紙書くから」

「うん。私も手紙書くね」

「ずっと友だちだよ」

「うん、ずっと友だち。えへ」

「ミリー、元気でな。その、なんかあったら相談してくれ。私にできることがあるかは分からないけど」

「ありがとう、ブラッド。いっぱい助けてもらっちゃったね」

「当たり前だろ、友だちだろ」

「うん、そうだね。友だちだね」

アルフレッドに促《うなが》され、全員外に出る。

ジャックがテキパキとミュリエルの荷物を馬車に詰め込んだ。

ミュリエルは全員と抱き合うと、アルフレッドに支えられながら馬車に乗り込む。

涙目のマチルダとイローナ、こわばった顔のジョニーとブラッド。ミュリエルは皆を安心させようと、馬車の窓から身を乗り出して笑顔で叫んだ。

「行ってくるね。また戻ってくるからね」

＊　＊　＊

「行っちゃった。ミリーが行っちゃった」
うわーん　イローナが子どもみたいに泣きじゃくる。

ブラッドはとまどいながら、頭をポンポンと優しく叩《たた》く。

「また会えるよ」

「うう、でももう一緒に授業受けられない。アタシまたひとりぼっちになっちゃう」

水色の目から涙がダバダバ流れる。海ってこんなだろうか、ブラッドはふと思った。

「……組のみんなが仲良くなったじゃないか。ミリーのおかげで。それに……私もいる」

ブラッドは居心地の悪い感情に翻弄《ほんろう》されながら、なんとか言葉をしぼりだした。

「うん……」

イローナとブラッドは、馬車が見えなくなるまでじっと立っていた。

16. 唯一無二の香り

Lady throwing stones

　アルフレッドは、馬車の窓枠に頭をつけてぐっすり眠っているミュリエルを眺《なが》める。起こさないようにそっと自分の肩にもたれさせてやる。ミュリエルはわずかに身じろぎしたが、また健やかな寝息をたてた。

　好きな人なら、これほど近くにいても寒気がしないものなのかと、アルフレッドは驚く。寒気どころか、ミュリエルの隣に座って体に触れていると、心も体も暖かくなる。

　あのうっとうしい王女に近寄られたときは、蕁麻疹《じんましん》が出たというのに。

　アルフレッドは幼いときから女の子に囲まれていた。第二王子という地位と自分の美貌《びぼう》に惹《ひ》き寄せられているのだ。幼いながらもアルフレッドは自身の立場と利点をよく理解していた。

　美しく聡明なアルフレッドは、エルンスト第一王子の十歳下だ。第一王子の地位を脅《おびや》かさない配慮ができ、決して出過ぎることがない。アルフレッドは貴族令嬢から絶大な人気を誇った。

　幼いときはまだマシだった。成長するにつれて苦痛で仕方がなくなった。

　不健康で青白い肌。細い腰をさらに締めつける衣装。一人ひとりなら適量でも、集団になると犬も逃げ出す悪臭となる香水。

　じっとりとした目でアルフレッドの一挙手一投足を追う少女たち。声をかけてもらえないかと、エサを待つヒナ鳥のようにただ口をポカンと開けている。

その姿はアルフレッドを苛立《いらだ》たせた。欲しいものはなく、自由になりたいと願うものの、王族の地位を捨てる勇気はない中途半端《はんぱ》な自分。そんな情けない己《おのれ》の姿が、少女たちに重なって見えた。

アルフレッドは怜悧《れいり》な美貌に、穏やかな微笑《ほほえ》みの仮面を装備する。誰にも踏み込ませないために。

「香水を禁ずるよう、伝えてくれないか」

あるとき、庭園でのお茶会のあとでアルフレッドは弱音を吐いた。むせかえるようなバラの香りに、令嬢たちのまとう様々な香水がまざって、頭痛が止まらないのだ。

侍従のジャックは気の毒そうにアルフレッドを見ると、すぐに手配してくれた。

事態は残念ながら改善しなかった。香水がダメなら香油で、と考えたバカ者が多数現れる。香りの強い石鹼《せっけん》が王都で流行《はや》った。

アルフレッドはお茶会のあとで、吐くようになった。

アルフレッドが十七歳のとき、隣国ラグザルのレイチェル第三王女との婚約話が持ち上がった。五歳年下で、身分も釣り合うということで、アルフレッドの意見を聞かれることもなく、話が進められた。

「父上、僕はまだ婚約なんてしたくありません」

ジャックからこっそり婚約話について聞かされたアルフレッドは、その足で王の元にむかった。

「アルフレッド、結婚は王族の義務だ。お前に断る権利はない」

ローテンハウプト王国を訪れたレイチェル第三王女は、十二歳にして既《すで》に色気をまとう少女だった。ほっそりとして均整のとれた身体《からだ》、夜空のような艶《つや》やかな髪、燃える太陽のような瞳《ひとみ》。口をポカンと開けて、声をかけられるのを待つ自国の令嬢の方が、無害なだけまだ良かったのだと、アルフレッドは思い知った。

アルフレッドを見た瞬間、レイチェルの瞳は欲に濁った。ねっとりとした舐《な》め回すような視線に、アルフレッドの全身は粟立《あわだ》つ。

以前、他国から献上された、虫食い花のような毒々しい女は、アルフレッドの精神を徐々に蝕《むしば》む。父上に言っても無駄だ。アルフレッドは最も信頼できる侍従のジャックと一計を案じた。

レイチェルが媚薬《びやく》のたぐいを持ち込んでいることは、影の調べで分かっている。

ジャックの手配で、護衛と側近を排したお茶会が提案される。レイチェル側は一も二もなく賛成した。

ジャックと信頼できる影が密かに監視する中、ふたりだけのお茶会が始まる。

「アルフレッド殿下がわたくしとふたりきりのお茶会をお望みだなんて……」

レイチェルは長いまつ毛を震わせ、濡《ぬ》れた瞳でアルフレッドを見上げる。

「ふたりきりでないと出来ない話もあると思ってね」

「嬉《うれ》しいですわ。あの、アルと呼んでも……?」

「それはもう少し後の方がいいのではないか? 婚約が決まってから呼んでほしい。口さがない貴族連中に、君のことをはしたないと咎《とが》められるといけない」

「お優しいのですね」

レイチェルはやや上体を傾けて、胸の開きがよく見えるようにする。

真っ昼間の茶会に、なんという服を着るのだ。まるで売女《ばいた》ではないか。アルフレッドは込み上げる吐き気を紅茶で流し込む。

「あら、紅茶がもうありませんわ。わたくしに入れさせていただけます?」

「君の手ずからお茶を入れてもらえるなんて、光栄だな」

アルフレッドは気力を振り絞《しぼ》って笑顔を浮かべる。

レイチェルが入れた紅茶を、アルフレッドは用心深くわずかばかり口に含む。それほど強い媚薬ではないな。

アルフレッドはレイチェルの視線が外れたときに、口の中の紅茶を布に吐き出す。

「なんだか……少しめまいが……」

アルフレッドは茶器をわざと傾け、受け皿に紅茶をこぼす。

「殿下、どうなさいました?」

レイチェルがアルフレッドにすり寄る。

「少し気分が良くない……」

「どうぞ、横になってくださいな」

レイチェルに支えられながら、アルフレッドは長椅子《ながいす》に横たわった。

「少し服をゆるめますね」

レイチェルはアルフレッドのシャツのボタンを外す。

アルフレッドは息を荒げながら仰向《あおむ》けになった。アルフレッドのシャツがはだけ、鍛えられた肉体がチラリと現れる。

「殿下はお疲れなのですわ。どうぞお休みになってください」

レイチェルはシャツのボタンを全て外した。

「ああ、そうさせてもらってもいいだろうか……。なんだか体が熱い……」

アルフレッドが吐き気をこらえた涙目でレイチェルを見つめる。

「わたくしが治して差し上げます。アルフレッド殿下……」

レイチェルはアルフレッドの上にまたがると、たくましい体に両手をはわす。

「レイチェル……何を、いけない……」

「まもなく婚約するのですもの。少し順序がズレるだけですわ」

アルフレッドはレイチェルの舌が体を這《は》い回るのを、目をつぶって耐える。キツい香水の匂《にお》いが
アルフレッドの呼吸を妨げる。ジャック、もういいだろう、早く……。

バタンッ
「アルフレッド、レイチェル殿下……これはいったい……」

扉の前には困惑したエルンスト第一王子が棒立ちになっている。

「兄上……助けて……」

アルフレッドはこらえきれず、嘔吐《おうと》する。

ジャックと護衛もなだれ込み、室内は騒然となった。

エルンストが激怒し、王を説得した。

「父上、アルフレッドは女性が苦手だと何度も申し上げたではありませんか。後継ぎならヨアヒムがいます。アルフレッドが自ら結婚を望むまで、婚約話は持ってこないでください」

婚約が決まる前にさらされた王女の醜態と、それ以来食事が取れずゲッソリやつれたアルフレッドの状況から、婚約話は白紙に戻された。

アルフレッドは、結婚以外で国に尽くすと言わんばかりに執務に励むようになった。

時が過ぎ、エルンストが王位を継ぐ。エルンストは折に触れ、アルフレッドに結婚の意思を聞く。

だが無理強いすることはなかった。

アルフレッドをたしなめるときに、レイチェルの名前を持ち出す悪癖はできたが。

「ううーん」

ミュリエルがうなりながら伸びをした。

「寝ちゃってた」

照れ笑いをするミュリエルが愛《いと》おしくて、アルフレッドは思わず抱きしめる。アルフレッドはミュリエルの首筋に顔をうずめた。

「ミリーは太陽の匂いがする」

「そ、そう？　洗濯物を外で干してるからじゃない？」

「安心できる匂いだ」

「そうなの？　そういえば、アルフレッド殿下はもう香水つけないんだね。森以外でなら香水つけても大丈夫だよ」

「アルだよ、ミリー。香水は元々好きではないんだ。あれは虫除けにつけていただけだよ」

「そっか、そういえばなんかサッパリした匂いだったもんね。蚊《か》除けによさそうだね」

アルフレッドの香水は苦肉の策で作られたものだ。いつまでたっても香水や香油をやめない令嬢たちへの牽制《けんせい》の意をこめてある。

『アルフレッド殿下は匂いに敏感である。アルフレッド殿下が唯一まとう香水に、調和できる香りのみ使用を許可する』

そんな香りは存在しない。アルフレッドは平穏で退屈な日々を送れるようになった。

だが、そんな日々はもう終わりだ。ミュリエルによって粉々に砕かれた。

来たるべき波乱の新生活への幕開けに、アルフレッドは生まれて初めて心が躍るのを感じた。

17. 狂乱の領地

Lady throwing stones

「アルアルアルアル」

「はい、ちゃんと十回言って」

ふたりの乗る馬車の中は妙な空気になっている。馬で並走する護衛のケヴィンと影のダンは、漏《も》れ聞こえるふたりの会話に思わず顔がにやけてしまう。

女嫌いでしょっちゅう吐いていた殿下が……。

「もういいでしょう、大丈夫だから」

「うん、これからはミリーがアルフレッド殿下って言うたびに、頬《ほお》にキスをすることにする」

何を言っているんだ、この王弟は。

ミュリエルと、聞き耳をたてていたケヴィンとダンは心の中で突っ込んだ。

「あのー、そういうこと言って恥ずかしくはないのかな……？」

「恥ずかしくないけど」

「ああ、そうですか……」

ミュリエルは深く考えないことにする。

＊＊＊

ミュリエルの父ロバートは、朝から領地でそわそわしていた。何かイヤな予感がして落ち着かないのだ。ロバートの勘が当たった。下働きの男が息せき切って走ってくる。

「ロバート様、王家からの遣いがお見えです」

「なんだとっ」

ロバートは大股《おおまた》で応接室に向かう。くたびれた応接室には似合わない、上品な男が窓から外を眺《なが》めている。

「ロバート・ゴンザーラです。王家からの遣いとは、何事でしょうか」

「マシュー・ガブラーです。アルフレッド王弟殿下の侍従兼護衛です。どうぞ、まずは王弟殿下からの書面をご確認ください」

ロバートは急いで書面を読む。読み進むうちに、手が震えた。

「これは……誠ですか」

「はい。紛《まぎ》れもない事実です」

「王弟殿下はいつこちらに」

「早ければ二日後にはお着きになるかと」

「なっ」

ロバートは絶句する。

「王弟殿下からは、なにも特別なことはせず、普段通りでと仰《おお》せつかっております」

「いや、さすがにそんな訳にはいかないでしょう」

ロバートは古ぼけた応接室をグルリと眺める。

「いえ、殿下はミュリエル様にベタ惚《ぼ》れでございます。ミュリエル様のご家族にご負担をかけることを恐れていらっしゃいます」

「………」

「だったらもっと早く知らせて欲しかった、そうお思いでしょうが」

なんで分かったのか、ロバートは思わずマシューを凝視する。まさか、心が読めるのか？

「心は読めませんが、表情は読めます」

マシューは苦笑している。

「殿下は一刻も早くミュリエル様との婚約を整えたいとお望みです。時間を置くほど、邪魔が入りますから」

「なるほど」

「ご家族の相談に乗るよう、仰せつかっております。できる限りのことをいたしましょう。助言は惜しみません」

「それはありがたい。本当に。心の底から……」

「では、まずはご家族をお呼びください」

「もうそこにいます」

扉の向こうにズラリと並ぶ人影。

「おっ……」

マシューは目を見開いた。ロバートが緊迫した声音で言う。

「みんなよく聞け」

家族がロバートに注目する。

「ミリーがアルフレッド王弟殿下をつかまえた」

ヒュッ　皆が息を呑《の》む。

「二日後にミリーと王弟殿下がこちらに着く」

屍《しかばね》のような顔色の家族たち。

「一刻の猶予《ゆうよ》もない。全力でコトに当たる。いいな」

一同頷《うなず》く。

「ハリー、鐘《かね》を鳴らせ。六回だ」

皆の顔が青ざめる。

「父さん、六回とは『領地存亡の危機、全領民集合』だけど」

「そうだ、これが領地存亡の危機じゃなくて、なんだというのだ。見ろこのオンボロ屋敷を。ここに二日後、王族を迎えるのだぞ」

確かに……。家族が頷いた。

「いえ、殿下はお気になさいません。どうぞ普段通りで」

マシューの声は、社交辞令と受け流された。

「ハリー、行け」

ハリーは全速力で走った。ミリー姉さん、なんてことしてくれちゃったのー。ハリーは泣きながら屋敷を出ると、隣に立つ鐘楼《しょうろう》に入り階段を駆け上がる。

頂上まで登ると、釣り鐘の紐《ひも》を六回引いた。外を見ると、領民が慌《あわ》てふためいてこちらに走ってくる。

ハリーは全速力で階段を降りる。

領民が屋敷の前に集まった。ロバートは台に登ると皆を見回す。

「ミリーが二日後、婚約者候補を連れて戻る」

叫びそうな領民をロバートは手で抑える。

「お相手はアルフレッド王弟殿下だ」

「おうていでんかってなんですかー？」

子どもが叫んだ。

「国王陛下の弟だ。王族だ。すごくえらい人だ」

静まり返る領民。

「なんで……」

誰かがポツリとつぶやいた。

「分からん。王弟殿下はミリーにベタ惚れだそうだ」

ロバートの隣でマシューがコクコクと頷く。

「ばあさんたちが、ミリー様に秘技を教えたから」

ひとりの男が言って、手を口で押さえた。五人のばあさんが静かに前に出る。

「これが領地にとって喜ばしいことではないならば、我ら今すぐ首をくくりましょう」

マシューは青ざめた。いったいどうなっているのだ、この領地は。

「静まれーい。いいか、皆に最優先事項を申し伝える。これから一週間、誰ひとりとして死ぬな！なんとしても生きろ！」

ロバートは厳しい目で領民を見渡す。

「よいか、王弟殿下がいらっしゃる間に、葬儀はできぬ。分かるな」

分かる。領民全員が頷いた。

ええええー、そうなのー、マシューはドン引きだ。

「二つ目、皆これから毎日靴を履け。靴がない者は後ほど申し出よ」

領民がザワザワ話し始める。

「三つ目、食糧と酒を献上しろ。上等なものだ。王族の口に……と言っても伝わらんか。こちらの紳士の口に入る質のものだ」

女たちの目が一斉にマシューに向いた。皆一様にうっとりとため息を吐《つ》いている。

「いい男じゃないか」

「結婚してー」

「ワシは寿命が十年は伸びた」

「カッコイイ～」

「はう～ん」

マシューは遠くの一点を見据えて耐えた。

「四つ目、料理の腕に自信がある者は、後ほどシャルロッテの元に集まるように」

シャルロッテが真剣な顔で皆を見る。

「五つ目、屋敷を修繕《しゅうぜん》する。掃除も必要だ。明日から手の空いている者は屋敷に集まれ」

ロバートが声を張り上げる。

「よいか、我らの総力を挙げて、王弟殿下をもてなすのだ。皆、死ぬ気でかかれ」

「はいっ」

マシューは遠い目をした。殿下、申し訳ございません。私では止められませんでした。

18. 聞きたいことなら山ほどある

Lady throwing stones

ロバートはマシューを質問攻めにする。

「殿下とミュリエルを除く同行者は何名でしょう？」

「十名です。馬車は五台。馬は十四頭です」

「ふたり一部屋でもよろしければ、全員この屋敷内に泊まっていただけますな」

「ありがとうございます」

マシューはにこやかにお礼を言う。とりあえず野営は免《まぬが》れたようだ。

「殿下のお食事はどのような物をご用意すればよろしいでしょうか？」

「皆さんと同じで結構ですよ」

「こちらのパンは茶色いライ麦パンが主で、酸っぱいですが大丈夫ですか？」

「はい」

「肉は焼いて塩をふって肉汁をかけただけですが……」

「大丈夫です」

「朝はパンと牛乳、昼はパンとスープ、夜はパンとスープと肉と酒。そんな感じですが」

「問題ありません」

ほーっとロバートは息を吐いた。

「信じられないと思いますが……。殿下はこの地にとけ込みたいと、本気で思っていらっしゃいます。それは同行した私たちも同じです。ぜひ、今まで通りにしてください」

マシューが真剣な目で伝える。ふと思い出したように加えた。

「ただ、靴は履くと思いますが」

「もちろん、もちろんですとも」

＊＊＊

「ずっと座りっぱなしで疲れただろう。一時間ほどここで休憩しよう。少し散歩でもしないかい？」

アルフレッドはミュリエルの手を握った。

見晴らしのいい平原だ。ここなら何か近づいてきたらすぐに分かる。ミュリエルは警戒を解いて、アルフレッドと足並みを揃える。

「ミリーのことを知りたいな」

「うん？」

ミュリエルが不思議そうにアルフレッドを見る。

「好きな色は？」

「好きな色……。緑かな」

「ミリーの瞳《ひとみ》の色だね」

「そう。それに、森の色」

アルフレッドはゆっくり歩きながら、風にそよぐ草を眺《なが》める。

「好きな動物は？」

「食べるなら魔牛が好きだけど」

「……どんな味？」

「普通の牛をもっと濃厚にして歯ごたえがある感じ。ずっと噛《か》まないと飲み込めないんだけど……。でも噛んでるうちに旨味《うまみ》が出てくるの」

「そうか、食べてみたいな」

「滅多に現れないけど、出たら食べさせてあげる。でも、アゴが疲れるかも」

アルフレッドはニコリと微笑《ほほえ》んだ。

「食べない動物は何が好き？」

「動物はなんでも好きだけど。うーん、犬かなあ。狩りのときは犬がいると何かと便利だよね」

「ふふ、なるほど」

「好きな季節はいつ？」

「冬以外かな。冬は狩りができないから」

「そう。領地の冬は厳しいんだよね？」

「うん。ずっと雪だよ。だから、今ぐらいの時期から冬ごもりの支度で忙しくなる」

アルフレッドの歩みがやや遅くなる。

「……そうか、悪い時期に来てしまっただろうか」

「大丈夫、みんな慣れてるから。それに……」

ミュリエルはクスクスと笑う。

「それに？」

「来客はいつだって大歓迎。行商人以外ほとんど誰も来ないからね」

「そうか」

「たまに旅人が来ると大騒ぎだよ」

「新しい話が聞けるから？」

「それもあるし。なんとかそのまま領地に居着いてもらいたいからね。新しい血が必要だから」

「なるほど」

「この人たちも、すごく狙《ねら》われると思うけど……。みんな都会的でカッコイイし」

ミュリエルは周りの護衛を見る。

「そうか……。それは確かにそうなるね。出会いがないんだね」

「うん。王都に行けるのは私の家族だけだもん」

ミュリエルが少し顔をくもらせる。

「血が濃くなりすぎると良くないから。なるべく新しい人に来てもらわないと」

「そうだね」

＊＊＊

エンダーレ公爵家の一室で、父と娘が話し合う。

「ルイーゼ、本当にいいのか？」

「はい。わたくしはヨアヒム殿下をお支えしたいと思っております」

ルイーゼは凪《な》いだ湖のような穏やかな目でエンダーレ公爵を見る。

「そうか。お前がそういうなら、異論はないが。例の男爵令嬢はどうする？　王家はお前の意向に最大限合わせると仰《おつしや》っている」

「魅了の魔力さえ封じていただければ、特に処罰は求めません」

「なぜだ？　北の修道院に送ればいいではないか」

エンダーレ公爵はいぶかしそうに問う。

「いいえ、今まで通り、学園に通わせてください」

「それでは、お前の気が休まらんだろう」

「お父様、もしあの男爵令嬢を追放したら、わたくしは一生負け犬のままです。学園の生徒はわたくしを憐《あわ》れみの目で見るでしょう」

「それは……」

「権力を使って恋敵《こいがたき》を追いやり、殿下を無理に縛りつけているとウワサされるでしょう」

「うむ、まあ、確かに……」

「ところが、わたくしが男爵令嬢に登園を許せば、わたくしは慈悲深い聖女と呼ばれるでしょう」

ルイーゼは聖母のような微笑みを浮かべる。

「そして、その女が学園にいるにもかかわらず、殿下の寵愛《ちょうあい》がわたくしに注《そそ》がれれば……」

「お前の評価は揺るぎないものとなる……か。ルイーゼ、いつからそのように策謀ができるようになったのだ」

「あら、生まれつきではないでしょうか。だって、お父様の娘ですもの」

「ルイーゼ、私はお前が誇らしいぞ」

「ほほほほ。ありがとうございます」

ルイーゼは艶然《えんぜん》と笑った。

「大丈夫ですわ。わたくしと殿下はうまくやっていけます。それに、以前のとりすました殿下より、今のずぶ濡《ぬ》れの子犬みたいなヨアヒム殿下の方が、よほどかわいらしいですわ」

ルイーゼの顔に浮かぶナニカを、エンダーレ公爵は見なかったことにした。妻の瞳にたまに浮かぶナニカと似ているような……。エンダーレ公爵は、女の秘密はそのままにしておくことが、家庭円満の秘訣《ひけつ》とよく理解している。

19. 幸せの連鎖

Lady throwing stones

初めてできた親友が突然いなくなったことは、イローナの活力を奪った。学園に行く気もおきず、部屋に閉じこもっている。

＊　＊　＊

イローナは美しいものや、かわいいものが大好きだ。幸い父が商才に長《た》けているので、欲しいものはなんでも買ってもらえる。

イローナの部屋は、いつしか物であふれるようになった。

「美しくてかわいいものばかりなのに、どうしてアタシの部屋はこんなにゴチャついているのかしら？」

イローナにはよく分からなかった。

イローナにはほとんど友だちがいない。平民の子たちは、イローナに嫉妬《しっと》したり、おこぼれに預かろうと媚《こ》びを売ってくる。

イローナが十歳になったとき、父が男爵位を買った。十歳から通える学園に、イローナを通わせるためだ。平民のままでも通えるが、平民は入学試験で優秀な成績を収めないと入れない。

学園でイローナはひとりぼっちだ。平民からは、無能だから金で爵位を買って入学したと蔑《さげす》まれる。貴族からは成金《なりきん》の成り上がりと見下された。

イローナはどちら側にも属せない。

イローナを溺愛《できあい》する父は、それなら更に上に行けばいいと考えた。借金を肩代わりする条件で、モーテンセン子爵の四男、ヒューゴとの婚約をまとめてきた。

両家の顔合わせはモーテンセン子爵家で行われた。古めかしい子爵家の屋敷には、流行《はや》りの新作は何もない。そこまでお金に困っているのかしら。

注意深く室内を観察して分かった。新作も少しはある。何代にも渡って受け継がれた、時代に左右されない伝統の品を、邪魔しないモノだけが厳選されているのだ。

この人たちにとってアタシたちってどう見えているのかしら。礼儀正しい子爵家の視線の裏は、恐ろしくて見たくなかった。

ヒューゴは優しい紳士だ。いつも上品な笑顔でイローナと話してくれる。この人にふさわしい淑女にならなければ。

イローナは部屋の中の新しいモノたちを、一部を除いて下取りに出した。趣味の良いモノだけを少しずつ増やしていった。

取り繕《つくろ》った貴族の仮面を正しくまとえるようになったとき、少しずつ貴族の女生徒と話せるようになった。

そんなとき、イローナが美しく整えた小さな箱庭に、ミュリエルという暴風が吹き荒れた。誰にもおもねらず、常識にとらわれない、野生の貴族だ。

イローナを好きになってくれ、イローナを夢中にさせたミュリエルは、もういない。イローナはまた空っぽになってしまった。

＊＊＊

「まだショボくれているの？」

イローナはビクッとして顔を上げる。微妙な笑顔のブラッドがイローナを見下ろしていた。

「もう学園には来ないつもり？　心配だから来てみた」

「だって、ミリーがいない学園なんて、行っても仕方がないもの」

イローナはうつむいてウジウジする。

「私は王宮の官吏《かんり》になるつもりだったんだけど。実は別の道も考え始めている」

「そう……」

「アルフレッド殿下の側近から内々で打診された。いずれアルフレッド殿下とミリーがどこか田舎《いなか》の王家直轄地《ちょっかつち》を治めるんだって。いつになるかも、どこになるかも分からないけど、そこに来ないかって」

弾《はじ》かれたようにイローナがブラッドを見上げる。

「やりがいがありそうだろう？　普通に生きていたら経験できない、何かができそうだと思って」

「ズルイ！　ミリーはアタシが先に友だちになったのに。アタシだって行きたい」

「友だちにあとも先もないだろう。それに、ヒューゴはどうするんだ」

「婚約解消する。もう借金はなくなったんだし、違約金払えばいいもん。どうせ金で買った婚約だもん」

ブラッドがなんだかおかしな笑い方をしている。

「イローナは田舎で暮らす覚悟はあるの？　もしかしたら、そこも裸足《はだし》かもしれないよ」

「平民でも買える安い靴を開発するわよ。それを領地の産業にすればいいわ」

「そうか。貴族との結婚はもういいのか？」

「いいわよ、アタシだって平民出身だよ。こんな都会的魅力にあふれたカワイイ女の子が、そんな田舎に行ってごらんなさい。毎日求婚者に囲まれて歩けないんだから」

ブラッドは真顔になった。

「そうか……。意外と立ち直りがはやくて驚くよ……。私の出番がない……」

「なにブツブツ言ってんのよ。そうと決まったら父に言って、婚約解消してもらわないと」

バーン
扉が開いておじさんが立っている。余計な肉がたくさん、頭部は無駄を削《そ》ぎ落としたツルピカだ。

「話は聞かせてもらった！　パッパに任せなさい」

「パッパ……」

「ちょっとー立ち聞きしないでよねー」

イローナが甲高《かんだか》い声で叫ぶ。

「カワイイ娘に初めて男が訪ねて来たのだ。それは聞くだろう」

「開きなおらないでよね。まあいいわ、そういうことで、大至急婚約解消してよ」

「任せなさい。安価な靴もすぐに開発させよう。商品名は……イローナだ」

「まんまかい」

ブラッドは思わず突っ込んだ。

イローナは少しの間だけ目をつむった。

「それはイヤ……。イリーにして」

「イローナとミリーか。さすが我が娘、冴《さ》えてる！　共に領地に行ける、そこそこの貴族子息もみつけてやろう」

「えー、もういいよー。貴族はめんどくさいもん」

突然ブラッドがパッパの手を握った。

「あのっ。ブラッド・アクレス、子爵家の三男です。私にイローナさんをくださいっ」

「えええええええ」

ブラッドは照れくさそうにイローナと目を合わせる。

「すまない。もう少し雰囲気のあるところで申し込むつもりだったのだけど……。話の展開が早すぎて、今を逃すとダメな気がして。いずれ、私と結婚してくれないだろうか、イローナ」

「あわわわわわ」

ブラッドはイローナの動揺をよいことに、ここぞとばかりに畳《たた》み掛ける。

「イローナと一緒にミリーの面倒を見るのが楽しかった。手のかかる子どもをふたりで育ててるみたいだった。イローナとなら、ずっと笑って暮らせるなと思ったんだ」

「採用！」

パッパがブラッドの手に自分の手を重ねた。

「ありがとうございます、お義父さん」

「ちょっと、アタシの返事を待たんかい」

金で全てを解決し、イローナとブラッドはすみやかに婚約した。

20. オモテナシ

Lady throwing stones

五台の馬車が領地の城壁内に入ると、静かな領民たちに出迎えられた。ミュリエルが旅立つときの大騒ぎとは大違いだ。皆、ミュリエルが連れてきた婿《むこ》があまりに大物すぎて、どうしていいか分からないようだ。

それはミュリエルも一緒なので、どうしようもない。

城壁内の一番高い場所にある、質素な屋敷に着いた。カチンコチンの家族が出迎える。

うん、なんか、ごめんね。ミュリエルはそっと心の中で謝った。

家族総出でアルフレッドを一番いい客室に押し込み、家族会議をする。

「それで、ミリー、いったいどういうことだ」

「わっかんない。なんでか知らないけど、こうなった」

「最初から全部話しなさい」

ヨアヒム殿下を気絶させたら、なぜかアルフレッド王弟殿下の婿入りが決まったことをかいつまんで話す。話すうちに家族の顔が暗くなる。

「さっぱり分からん。アルフレッド殿下は、この領地を治めるのだろうか。しかし、こんな弱小領地を？　あり得るのか？」

「分かんない」

家族誰もが見当もつかない。

「じゃあ、父さん、あとで殿下に聞いてみて」

もう父に丸投げだ。父は青ざめた顔で頷《うなず》いた。

食事の前に、ミュリエルは手短かに家族を紹介する。

「父のロバート、母のシャルロッテ、姉のマリーナ、姉の夫トニー、弟のジェイムズ、ハリソン、ダニエル、ウィリアムです。他《ほか》にも祖父母とか叔父とか色々いるけど、それはおいおい」

改めてアルフレッドを間近に見た家族は、あまりの美麗な容姿に直視ができない。さすが代々、国中の美男と美女を掛け合わせて練り上げられた血筋だ。まさに美の結晶である。

「アルフレッドです。アルって呼んでください。突然お邪魔してすみません。さぞかし驚かれたことでしょう。一刻も早くミリーと結婚したいので、来てしまいました」

「結婚……」

「婚約はすっ飛ばしてもいいんじゃないかなーって」

皆の思考が停止した。

「詳しい話は食後に詰めましょう、お義父さん」

「お義父さん」

ロバートは忙しく瞬《まばた》きを繰り返す。

アルフレッドの勢いに煙《けむ》に巻かれつつ、ひとまず食事を始めることにした。なんせ皆お腹《なか》が減っている。難しいことはあとあと、そんな気持ちである。

ゴンザーラ男爵家にある最も質の良い銀食器に、苦心の跡がうかがえる料理が盛りつけられている。銀食器は連絡が届いてすぐ、皆で手分けして磨《みが》いたらしい。

皆は両手指を合わせて目をつぶる。ロバートが大きな声で食前の祈りを捧げる。

「石を、肉を！　いただきますっ」

「石を、肉を！　いただきますっ」

皆は腹の底から祈ると、満面の笑顔でフォークとナイフを持った。さあ、食べよう、肉を口に放り込もうとしたとき、アルフレッドのとまどった顔が目に入る。

「あ」

ゴンザーラ家の面々は何事もなかったかのように、フォークとナイフを机に戻した。ロバートは大きく咳払《せきばら》いすると、改めて静かな声で祈る。

「父なる太陽、母なる大地、我ら大地の子。今日の恵みを感謝いたします」

ロバートに続いて祈ったあと、そそくさと肉をほうばる家族。

アルフレッドはロバートに問いかける。

「いや、さっきのはなんですか？」

やっぱりゴマかされてくれなかった！　ロバートは内心の冷や汗をひた隠すと、平静を装って答える。

「我が領地に伝わる食前の祈りなのです。失礼しました。うっかり殿下の前でもやってしまいました」

「なるほど、初めて聞いたので驚きました。さすが、石の民と呼ばれるだけありますね。他にも色々と興味深い伝統がありそうで、楽しみです」

アルフレッドはニコニコしている。

不信心と怒られなくてよかった、家族は胸を撫《な》で下ろした。

アルフレッドは皆の心配をよそに、美味《おい》しそうに料理を食べる。朗《ほが》らかに笑いながら、次々とグラスを空ける。緊張していた家族は、次第に自然に話せるようになった。

アルフレッドはひととおり料理が終わると、真面目《まじめ》な顔で切り出した。

「皆さんご心配でしょうから、先に言っておきますね。僕はこの領地を継ぐつもりはありません。持参金はきちんとお持ちします。ミリーと結婚してしばらくしたら、適当な王家直轄地《ちょっかつち》に移って、そこを治めるつもりです」

アルフレッドはミュリエルを見て笑いかける。

「後ほど詳細についてはロバート卿とお話しましょう。もちろんミリーの意見を尊重するよ。ミリーがずっとここにいたいなら、ここでもいいし」

ミュリエルはポカンとした。突然増えた人生の選択肢に頭が追いつかない。

「いずれにしても、数年はこちらでお世話になります。領政を学び、領民とのつき合いを実地で身につけたい。王都は民との距離が遠いですからね」

そんなうまい話があるだろうか、家族は思ったが、誰も口には出さなかった。

食後、ロバートとアルフレッドは執務室で向かい合って座った。

「アルフレッド殿下、改めてお聞かせください。本気でミュリエルと結婚されるおつもりですか?」

「ええ、ミリーが許してくれるなら」

「それでは、ミュリエルを殿下に嫁《とつ》がせます」

ロバートの提案をアルフレッドはあっさり流す。

「いいや、婿入りという約束だからね。婿入りするよ」

「ですが、王弟が男爵家の娘に婿入りした前例はありません。無茶です」

ロバートは必死で食い下がる。

「僕が前例になるよ。ただ、外野を黙らせるためにも、いくつか手順は踏んでおきたいとは思っている」

「と言いますと?」

「ミリーに叙爵《じょしゃく》する。それが一番簡単だ」

「理由がありません」

「理由ならある。ひとつ目、ヨアヒムを魔女の洗脳から解いた。ふたつ目、僕の命を救った。みっつ目、王家の危機を立て続けに救った」

「殿下の命を救ったとは?」

初耳だったロバートは驚いて聞き返す。

「森で猪《いのしし》に襲われかけたところを救われた。これで三段階の叙爵ができる。ゴンザーラ男爵位は当主であるロバート卿のものだ。まずはミリーに男爵位を与える。次に男爵から子爵へ。そして、子爵から伯爵へ」

ロバートはアルフレッドの言葉を理解しようと必死に耳を傾ける。

「伯爵への婿入りでもなんとかするが、辺境伯への婿入りの方が面倒ごとは減る。ミリーがもうひとつ功績を立てられれば話は早い」

「ミュリエルが伯爵……」

あまりのことに頭がついていかない。

「領地はどこでもいい。王家の直轄地から、ミリーが好きなところを与える。まあ、いずれ辺境伯にと考えているゆえ、辺境領地になるであろうが」

「王家の威信が揺らぎますぞ」

「手は打ってある。あなたの義父セレンティア子爵と話をつけた。常に中立派であったセレンティア子爵が、エンダーレ公爵の派閥に入る。これでエンダーレ公爵は最大派閥の長だ。そして、彼はヨアヒムの義父となる」

「それは……」

「これで誰も王家には逆らえない。王家は盤石だ」

アルフレッドが冷徹な表情で言い切った。ロバートには王都の力関係は分からないが、義父の能力は知っている。あの人が動くなら大丈夫かもしれない。一度だけ会った義父の顔を思い浮かべた。

「僕はミリーを手に入れるためならなんでもする。どうか信じてくれないか」

アルフレッドは静かにロバートを見る。ロバートも静かにアルフレッドを見返す。しばしの間を置いて、ロバートが体の力を抜いた。

「信じます。ミリーを幸せにしてやってください」

アルフレッドは天使のような笑みを浮かべた。

「ありがとう。ミリーは自分の力で幸せになれる人だけどね。でも、更に幸せになれるよう、僕にできることは全てするよ」

アルフレッドは手を伸ばした。

「お義父さん」

「アル、よろしく頼む」

ロバートはガッチリとアルフレッドの手を握った。

21. 魔牛襲来

Lady throwing stones

とりあえず顔合わせに来ただけで、アルフレッドはすぐ王都に戻るであろうと思っていた。ところが、アルフレッドはしばらくここに住むつもりらしい。家族は大慌《おおあわ》てだ。

「新しい屋敷を作った方がいいよね」

「そうだな、いつまでも客室にいていただくわけには」

「でも、時間かかるよ」

家族の心配をよそに、アルフレッドは客室で十分という。

えええー気を遣ってくつろげない。皆の心の声が漏《も》れている。

「もしくは適当な空き家があればそこでいいですよ。野営に比べればなんてことはない」

実に話の分かる王族である。すみやかに、それなりの空き家を突貫工事で整えた。

「でも、食事はここで一緒にさせてください」

アルフレッドの言葉は当然のこととして受け止められる。

「ある程度の食糧も持ってきました。なにせ人数が多いですからね。必要なものは侍従のジャックとマシューにお伝えください。王都から取り寄せます」

ジャックがずっしりとした袋をロバートに渡す。

「持参金はまだお渡しできませんが、ひとまずの滞在費です。足りなければ遠慮なく言ってください」

ロバートは袋の重さにおののいた。これだけの銀貨があれば、冬支度もなんとかなる。急に増えた人数の冬支度のやりくりに、頭を悩ませていたロバートは密かに安堵《あんど》の息を吐《つ》く。

のちに金庫に入れる際、中身を改めたロバートは、金貨であることを知り意識が遠くなった。王家、税金をこんなに我が領地へ注《そそ》ぎ込んでいいのか。

まあ、いいか。冬になる前に城壁を強化し、アルフレッドや同行者の住居も整えなくてはならない。金はいくらあっても助かる。

弟のギルバートに隣の領地に買い出しに行かせるか。もう少しいい食事にしないと、殿下が痩《や》せてしまうしな。

「アルー、なんか足りないものとか、困ってることある？」

ミュリエルはアルフレッド用に急遽《きゅうきょ》用意した空き家を尋ねる。アルフレッドは領地の男たちが着る、ざっくりとした膝《ひざ》まであるシャツにズボンを着ている。腰のあたりでベルトで締め、ナイフなどの入った革袋を吊《つ》り下げてる。

「大丈夫、快適だよ。もっとミリーと会えるといいな」

「えーっと、割とずっと一緒だと思うんだけど？　ふふふ、そういう恰好《かっこう》も似合うね。王子様みたいな服着てるとこしか見たことなかったから、びっくりした」

「そうかい？　領地ではこういう服装の方が動きやすいだろう？　今日は領地を案内してくれるん

だよね？」

「うん。案内っていうほど、広くないけどね」

ミュリエルはアルフレッドの手を取って歩き出す。

「領地内はほぼ円形だよ。グルリと城壁に囲まれてる。これは王都と同じだね」

アルフレッドは高い城壁をグルーっと見回す。

「城門は八つ、でもどれもいつも閉じてる。魔獣が入り込むと困るからね」

「なるほど」

「八つの城門にはそれぞれ見張り塔がついてる。ここには常時ふたりずつ見張りがいる」

「それは、大変だね……」

アルフレッドが目を瞬《またた》かせた。

「もちろん交代制だよ。吹きっさらしじゃないから寒くないし、ずーっと見てる訳ではない。皆、なんかしら手仕事しながら見張ってる。それに本読んだりカードで遊んだりはできるよ。でも絶対誰かがいる。魔獣を見逃すと領地が滅亡するからね」

「そうか。確かに王都でも見張りは常時いたな」

「そうでしょう。見張りは大事。じいさんと子どもとか、そういう組み合わせでやったりもするよ。魔獣が出るとね、鐘《かね》と角笛で知らせるの」

「どんな合図？」

アルフレッドは見張り台を見ながら首をかしげた。

「強い魔獣が来て、領民全員で戦わないといけないときは、連打六回。角笛一回で魔獣五頭。そこそこの魔獣なら連打三回だね。後で紙に書いてあげるね」

「ありがとう。魔獣はよく出るの？」

「強いのはそれほど出ないよ。普通の獣《けもの》が大半だね。普通の獣なら石で十分倒せる。強い魔獣だと、投石機の出番。投石機で打ち漏らした魔獣は、城壁から石投げ隊が石を投げる。それでもダメなら、父さんが弓と槍《やり》と魔剣で仕留めるの。そういうことは滅多にないけど」

「魔剣とは？」

知らないことが次々とミュリエルの口から飛び出し、アルフレッドはやや混乱気味だ。

「石の民に代々伝わる魔剣だよ。森の息子と娘しか使えないの」

「森の息子と娘？」

「領主の血筋で、髪が茶色で目が緑色。森の色を持つ」

「ミリーも森の色だけど……」

アルフレッドはそっとミュリエルの髪の毛を手にとった。柔らかくしなやかな髪。アルフレッドはミュリエルの茶色の髪に、次に緑の瞳に目をやった。

「そう、私も森の娘だよ。あとはジェイムズとダニエルだね。あと父さんとばあちゃんね」

「それは……。ひょっとしてミリーは後継ぎなのかい？」

「ううん、後継ぎはジェイだよ。やっぱり領主は男の方がいいからねえ。女は妊娠中には戦えないでしょう。領主は民の前に立って最前線で戦うのが仕事だから」

アルフレッドは困惑して眉間《みけん》にシワを寄せる。

「そうか……。思っていたより戦いが日常的なんだね」

「そう。……あのね、領地ではね、えーっと結婚相手に獣を捧げる習慣があるの。私は森の娘だから、魔剣で最初に仕留めた獣をあげると幸せな結婚になるって言われてるの。なんか仕留めてアルに捧げるね」

ミュリエルが頬《ほお》を染めて地面の石を蹴《け》る。アルフレッドは立ち止まってまじまじとミュリエルを見る。アルフレッドはミュリエルの両手をギュッと握った。

「ありがとう。とても嬉《うれ》しい。でも危ないことはしないでほしい。ウサギとかにしてくれないかな?」

「分かった。森の娘がウサギじゃちょっと、みんながガッカリしちゃうから……。もう少し大型の獣を捧げるね。明日父さんに魔剣借りるから、一緒に湖に行こう。鹿がいるかもしれない」

「そうか」

「今なら白鳥も見れるよ。ヒナが大分大きくなってると思う。かわいいんだよねー」

カンカンカンカンカンカンカン
ブオーーーーン　ブオーン　ブオーン　ブオーン
見張り台からの鐘と角笛による合図が領内に響いた。

「大型魔獣の群れの合図！　アルは屋敷で待ってて」

「ミリー、僕も一緒に行く」

ミュリエルはためらった。

「城壁から絶対に外に出ないって約束してくれる？」

「約束する」

ふたりは城壁に向かってひた走る。城壁前には戦える者が男女問わず集まっている。槍と弓と魔剣を装備したロバートが、アルフレッドを見て目をむいた。怒鳴《どな》るように叫ぶ。

「アルは護衛と共に見張り塔へ。あそこなら安全です」

アルフレッドはミュリエルをギュッと抱きしめると、大人しく城壁の見張り塔に登っていく。

ロバートはミュリエルに石投げスリングを渡す。

城壁の見張り塔からじいさんが叫ぶ。

「南から魔牛、二十！」

「おうっ」

「投石機の準備！　投石隊は城壁の上へ！」

ロバートが叫ぶ。

城壁近くの小屋から大きな投石機が三台、ゴロゴロと引っ張り出される。子どもたちが、巨石を乗せた荷車を何台も押してくる。女たちが投石機の近くに待機した。

城壁に駆け登ったミュリエルたちは、土ぼこりを見据える。

ロバートが拳《こぶし》を上げて叫ぶ。

「石を、肉をーーーーー!!」

領民全員が拳を突き上げて叫ぶ。

「石を、肉をーーーーー!!」

ミュリエルの鼓膜はビリビリ震えた。

「投石機、用意──放て!」

ロバートの合図で巨石が放たれる。土ぼこりが割れた。

「左右、十度開け、用意────放て!」

土ぼこりが徐々に近づいてくる。地響きで城壁から小石がパラパラ落ちた。

「残り、八!」

見張り台から叫び声。

「投石隊、用意────放て!」

ミュリエルは先頭の魔牛に石を放った。ミュリエルの石は魔牛の右目を潰《つぶ》す。

「投石隊、用意────放て!」

ミュリエルは左目を潰した。それでもまだ魔牛は走り続ける。

ダーーン
残った魔牛、三頭が城門に体当たりする。

ロバートが上から次々と槍と矢を放つ。二頭は倒れたが、ミュリエルが両目を潰した一頭は唸《うな》りながら体当たりを繰り返す。

ミシリ　城門が音を立てる。

ロバートは魔剣を構えた。

「私が行く」

ロバートはミュリエルを見すえる。

「アルに魔牛を食べさせると約束した。魔剣での初めての獲物をアルに捧げたい」

ロバートは一瞬ためらったのち魔剣を渡す。

「森の娘ミュリエル。お前の力を示せ」

「はいっ」

ミュリエルは城壁の上を走ると一気に飛び、落ちる勢いで剣を魔牛の首に突き刺した。剣に体重を乗せて、暴れる魔牛にしがみつく。ミュリエルは魔剣を握ったまま逆立ちする。反動をつけて体を落とし、魔牛の首を切りとった。

城壁から歓声が上がるが、ミュリエルは止まらない。ひたすら駆けて、次々と魔牛にとどめを刺す。最後の一頭を殺すと、ミュリエルは高々と魔剣を空に掲げた。

「肉ーーーー!!」

「うおぉぉぉぉ、肉ー、肉ー、肉ーーーーー!!」

場内から肉の雄叫《おたけ》びが上がる。ミュリエルはゆっくりと城壁まで戻ると、両目を潰した魔牛の角を一本切り取った。魔牛の毛で丁寧に剣をぬぐうと、開かれた城門から中へ入る。

ミュリエルは領民に肩や背中を叩《たた》かれながら進んでいく。人混みの向こう側に、青ざめたアルフレッドの姿が見えた。

ミュリエルはアルフレッドの前まで行くと、跪《ひざまず》いて魔牛の角を掲げる。

「石の民、森の娘ミュリエル。魔剣での初の獲物を、アルフレッドに捧げます」

アルフレッドはこわばった顔で血まみれの角を受け取る。

領内がもう一度歓声で沸いた。アルフレッドが何か言う。周りがうるさすぎて聞こえない。

アルフレッドが膝をついてミュリエルを抱きしめる。

「無事でよかった。もうしないでほしい」

「それは……無理だよ、アル。私は石の民で、森の娘だ。最前線で戦うのが使命だもの」

震えるアルフレッドの背中をミュリエルは優しく撫《な》でる。アルフレッドはミュリエルを抱きしめる腕に力を込めた。

22. 森の娘

Lady throwing stones

ミュリエルは森の娘だ。茶色の髪と緑の瞳《ひとみ》、ロバートと同じ森の色を持つ。森の色を持つ者のみ、代々受け継がれる魔剣を正しく使える。

ミュリエルが産まれたとき、領民は沸いた。長女マリーナは、母シャルロッテと同じ金の髪と青い瞳を持っていたからだ。

双子の弟ジェイムズとハリソンが産まれるまで、ミュリエルは正統なる後継ぎであった。双子のかたわれ、ジェイムズが森の色を持っていたため、後継者はジェイムズに決まった。領主は女よりは男、それが狩りを生業《なりわい》とする領地の鉄則だ。

魔牛襲来の日から、アルフレッドの過保護ぶりが顕著《けんちょ》になった。片時も離れようとしない。卵からかえったヒナが親鳥について回るように、アルフレッドはミュリエルにピッタリ張りつく。

あのあと、ロバートはシャルロッテにガッツリと怒られた。

「嫁入り前の娘に魔牛を仕留めさせるとは何事ですか」

「いや、だって、それはあの。領地の伝統で……。ほら、森の娘は魔剣で倒した初の獲物を好きな人に捧げるって」

「それは婚約が決まっていない娘の話でしょう。アルはミリーに夢中なんですから、今さら獲物を捧げる必要はありません」

アルフレッドが全力で同意している。

「ミリーもミリーです。あれが最初で最後です。魔剣はジェイに任せなさい」

「ええーー」

「口答えは許しません。顔に傷でもついたらどうするつもりだったの。魔剣は触らない、いいですね」

ミュリエルは不満そうに口をとがらせた。

「返事は、はいか、分かりましたです」

「はーい」

「返事は短く」

「はいっ」

アルフレッドはシャルロッテを尊敬の眼差《まなざ》しで見ている。アルフレッドは領内の力関係をようやく理解した。これからは、何か困ったら義母に相談しよう。アルフレッドのざわついていた心が少し落ち着いた。

アルフレッドにとって、ここでの暮らしは驚きで満ちている。

魔牛との戦いも度肝《どぎも》を抜かれた。まさか本当にほぼ石だけで魔牛を狩るとは思わなかった。あの後、ケヴィンとダンとでこっそり話し合った。

「お前たちは石で魔牛を仕留められるか?」

「仕留められません」

ふたりはきっぱり答える。ケヴィンが考えながらゆっくり話す。

「急所に当てたとしても、槍《やり》や矢尻《やじり》とは違います。石の衝撃はかなりのものなのでしょうが、槍で心臓を貫くのに比べると弱いかと」

「しかし、飛距離はかなりのものだったぞ。矢を上回る距離を飛んでいたように見えた」

アルフレッドは疑問を投げかける。

「確かに、あの石投げスリングは素晴らしい。片手であれだけ離れた獲物を倒せるなら、防御面で随分《ずいぶん》楽になります」

ダンはぜひ自分も取り入れたいと思った。

「補充の観点からも優れています。弓矢は威力が強いが、矢がつきればおしまいです。矢を作るにも時間と費用がかかる。その点、石はそこらじゅうにありますから」

ケヴィンは、石投げを習得しようと決意する。

「王都の騎士団に石投げ部隊を作るか。近衛《このえ》はイヤがるであろうが、騎士団の下級騎士なら大丈夫であろう。兄上に提案してみる」

「そうですね。金がかからないのです。やらない理由がありません。近衛は無駄に誇り高いのでバカにしそうですが。何度か威力を見せつければ黙るでしょう」

ケヴィンがアルフレッドを後押しする。

「それでは、まずは我々がここで身につけようではないか」

アルフレッドはロバートとミュリエルに、石投げを教えてくれる人をつけてくれるよう頼んだ。

「うーん、急にやると肩を壊すからねえ。徐々に慣らしていかないと。子どもたちと一緒にやってもらうのがいいと思うけど……。イヤじゃなければ」

ミュリエルは大丈夫かな、と不安そうな様子で聞く。

「ここに連れて来ているのは、柔軟な思考ができる者ばかりだ。問題ないよ」

アルフレッドはそう言ったものの、ミュリエルに連れて行かれた先にいる、ばあさんと幼児たちを見て目を丸くした。

ヨボヨボがヨチヨチに教えている。

「まさか、こんな幼い頃《ころ》から学ぶのか？」

「うん。子どもは投げるの大好きだから。あ、でも当たると危ないから、この子たちは石は投げないよ。まずは柔らかい布で投げる下準備をするの。みんなもそこからだね」

ミュリエルは皆に柔らかい布を渡す。

「やってみせるから、真似《まね》してね」

ミュリエルは足を肩幅に広げる。まずは右手で布を握り、顔の前から上に持ち上げ頭の上で布をグルグル回す。

一方の手で三十回グルグル回したら、次は逆の手で回す。

「利《き》き腕だけだとバランスが悪くなるからね。なるべくどちらでも投げられるようにしないと。狩りの最中に利き腕怪我《けが》したら、下手《へた》したら死んでしまうから」

グルグルに慣れたら、今度は布を持ってない側の足を前に出す。布を頭の上に持ち上げ、回さず前に振り下ろす。

「肘《ひじ》はまっすぐ頭の上まで持ち上げる。耳に沿うようにね。手の向きはね、こうだ」

ミュリエルは、ドーンと手のひらでアルフレッドの胸を押す。

「目の前の人を平手で押したり、頭を叩《たた》いたりする感じね。指全部をまっすぐ前に」

「なるほど」

「これを両手で違和感なくできるようになったら、石を投げよう。来週ぐらいかな」

見栄《みば》えのいい王都の男たちが石投げを練習していることは、あっという間に領地に広まった。少し離れたところから、熱い視線を送る女たち。あまり近づきすぎるとばあさんに怒られるのだ。

「ミリーさま、こっちこっち」

若い女たちに手招きされる。

「ミリー様はどうやってアル様を落としたの？　ばあさんの秘技ってそんなにすごいの？」

女たちは目をキラキラさせてミュリエルを見る。

「え？　あーいやー、どうだろう。そういえば、アルには秘技は使ってないや」

「ええっ、そうなの？　じゃ、じゃあどうやって？」

「猪《いのしし》に襲われかけてるところを守ったんだよね。きっかけはそれだと思うんだけど、なんでだろう？」

「そうなのっ！　そしたら私たちも、もっと狩りがんばんなきゃ。最近怠《なま》けてたから」

女たちは目を爛々《らんらん》とさせて狩りに出ていった。

「姫さま、ちょっとちょっと」

五人のばあさんが手招きしている。

「なあに？」

「ちょっとちょっと、こっちへ」

ばあさんたちにグイグイ押され、いつぞや猛特訓を受けた家に押し込まれる。

「ささっ、お座りくだされ、姫さま」

「はあ」

前回同様、ばあさんにグルリと囲まれる。

「姫さま、こたびは誠におめでとうございます。あのような大物を捕獲されるとは、さすが石の民の最上位、森の娘でありますな。我ら感服いたしましたぞ」

へへーと頭を下げられ、ミュリエルは頬《ほお》をぽりぽりかく。

「いやー、ははは。なんでか分かんないんだけどねー」

「なんの、姫さまは少し見ぬ間にすっかり娘らしくなられた。やはり愛を得ると女は美しくなりますな」

「えーホントにー？　ははははは」

「それで、先ほどのは誠ですか？　秘技を使わず落とされたと」

「うん」

「媚薬《びやく》は？」

「使ってないけど」

「ハチミツも？」

「ハチミツなんてあったっけ？」

「いえ、使ってないならそれに越したことはございませんぞ。姫さま、あっぱれなり」

「媚薬、返そうか？」

「そうですな、姫さまにはもう必要ありませんな。では返していただけるとありがたい。別の娘に使わせることもあるやも」

「分かった。あとで持っていくね。ハチミツは食べちゃってもいい？」

「いや、あれは食べるものでは……」

「食べないでどうするの？」

ばあさんたちが珍しくモジモジして顔を見合わせている。

「それは、そのー、あれじゃ。もしも、万一、姫さまがたいして好きでもない男を無理に落とさねばならぬ事態になったときに……」

「はあ」

「えー、あれは、あー。……閨《ねや》で使います」

「ねや……。ああ、閨ね。なるほど」

「もう姫さまには必要ないでしょう。ぜひアレも返してくだされ。不幸な娘に渡してやることがあるかもしれん」

「ああ、そうね。分かった」

「あのアル様であれば、つつがなく姫さまを溶かすでしょう。それはもうトロトロに」

ばあさんたちがニへへと笑う。

「ギャーーーやめてよ。何言っちゃってんの。まだ早いから」

まったくもう、プンプンしながらミュリエルは出ていった。

残されたばあさんたちは、いつまでもニヤニヤしていた。

森の娘には、せっせと森の子どもを産んでもらわなければならない。その日が来るのが楽しみだ。

23. 噛み合わない女

Lady throwing stones

「なんですって」

レイチェルは知らせを聞いて耳を疑った。

「もう一度言いなさい」

「はっ。ローテンハウプト王国のアルフレッド王弟殿下が、男爵令嬢と婚約予定とのこと」

「男爵令嬢？　あり得ないわ。王族が男爵令嬢と婚約する訳ないじゃない。誤報よ。その報告をもたらした者を即刻クビにしなさい」

「そ、それは……」

「わたくしの命令に従えないなら、お前もクビよ」

「御意」

外交部の男は暗い顔で出ていった。

「アルフレッド殿下……」

何度思い返しても、口惜しい。

あのとき、嫉妬《しっと》にかられたエルンストに止められなければ、わたくしとアルフレッド殿下は今ごろ、子どものひとりかふたりには恵まれていたであろうに。

わたくしの美貌《びぼう》に我を忘れたとはいえ、エルンストめ。弟の婚約者候補に横恋慕して、婚約を邪魔するなど。許しがたい。

レイチェルは歯をギリギリと食いしばった。

あれから何度もアルフレッド殿下には手紙を送ったのに、毎回エルンストから返事がくる。遠回しに、わたくしのせいでアルフレッド殿下が女嫌いになったと書いてあったわね。

男の人って寸止めされると、すごくモヤモヤが残るって聞いたわ。きっとそのせいね。

待っていてアルフレッド殿下。もうすぐわたくしがスッキリさせてあげますからね。

＊＊＊

「なんか今悪寒が走った。ミリーに治してもらおう。ミリー」

アルフレッドは背中のゾワゾワがおさまるまで、ミュリエルを抱きしめた。

＊＊＊

「どういうことですか、お父様。わたくし今すぐにローテンハウプト王国に行かなくてはなりませんの。すぐに許可証を出してくださいな」

ラグザル王国の王宮で、レイチェル第三王女は国王にくってかかった。

「レイチェル、何度言えば分かるのだ。エルンスト陛下から、そなたの入国は禁じられている」

国王はレイチェルのワガママには慣れているので、取り合わない。

「では、妹ルティアンナの名で行きますわ。それならいいでしょう?」

「……そもそも何をしに行くつもりだ」

王はため息まじりに問う。

「アルフレッド殿下に会いに行くに決まっているではありませんか」

「そなた、あれほどきっぱり断られておいて、いつまで世迷い言を申しておる。はっきり言ってやろう。アルフレッド殿下は、そなたのことが嫌いだ。しっかりそこを理解しろ」

王はレイチェルにきっぱり言い聞かせた。

「まあ、ホホホホ。お父様ったらおかしなことをおっしゃいますこと。わたくしとアルフレッド殿下は、お互いが運命の相手ですのに」

「ダメだ、全く噛《か》み合わん。レイチェル、そなたはしばらく外出禁止だ。部屋で結婚相手候補の釣り書きを見ておれ」

「お父様、わたくしはアルフレッド殿下以外の方と結婚するつもりはありません」

「そなた、もう二十歳ではないか。いい加減に目を覚ませ」

部屋に戻ったレイチェルは、手当たり次第に物を投げる。

「キィイイイ」

ガシャンッ　ドシャッ

「レイチェル様、落ち着いてください」

「これが落ち着いていられると思うの、ロゼッタ。そもそも八年前にあんたが渡した媚薬《びやく》のせいじゃないの。あの媚薬さえ使えば、アルフレッド殿下はわたくしのモノって、あんたが言ったのよねえ」

ロゼッタがうやうやしく跪《ひざまず》く。

「レイチェル様、その通りです。どうか、レイチェル様の愛でアルフレッド殿下をお救いください。アルフレッド殿下は男爵令嬢に騙《だま》されているのです。レイチェル様が男爵令嬢を手打ちにし、今度こそはアルフレッド殿下との愛を成就《じょうじゅ》されるのです」

「どうすればいいのよ」

「私が手引きいたします。アルフレッド殿下は我が国との国境近くの小さな領地にいらっしゃいます。さあ、行きましょう。そしてアルフレッド殿下を救いましょう」

「分かったわ。さすがロゼッタね」

レイチェルは満足げに笑った。

＊　＊　＊

私はロゼッタ、二十年前にラグザル王国に滅ぼされたムーアトリア王族の末裔《まつえい》です。半生を復讐《ふくしゅう》に費やしてきました。

二十年前、ローテンハウプト王国に助けを求めたとき、彼の国は冷酷にも中立を決め込んで、我が国の滅亡をただ見ていたのです。

ラグザル王国、ローテンハウプト王国に復讐《ふくしゅう》する日を待ち望んできたのです。ようやく本懐が遂げられそうで、体の震えが止まりません。

この二十年、耐え難《がた》きを耐え、忍び難きを忍び、亡き祖国の怨《うら》みを晴らすためだけに生きてきました。

十年間でラグザル王国に反旗をひるがえす同士を集め、見事ラグザル王国の中心部に入り込みました。レイチェル第三王女の侍女になれたことは幸運でした。手がつけられないと有名なワガママ王女は、側近のなり手がなかったのです。

八年前はあと少しのところで失敗しました。あのまま、レイチェル王女がアルフレッド殿下に嫁《とつ》げば、私の復讐も容易《たやす》く成し遂げられたものを。

しかし、今度こそ、今度こそは……。

王宮内部にいられては手の届かなかったアルフレッド殿下が、何を血迷ったか男爵令嬢に惚《ほ》れ、国境近くの領地に来ているだなんて。

レイチェル王女とアルフレッド殿下をふたり同時に手にかける絶好の機会。確実にあの世へ送ってやりましょう。

天国にいる我が一族、そして民よ、これでいよいよお別れです。私はやっと地獄に落ちます。

24. 来ちゃった

Lady throwing stones

アルフレッドが高級そうな手紙を読んで、顔をしかめる。

「兄上から至急の連絡が入った。どうもラグザル王国の王女がここに向かっているらしい」

「ええー、隣国の王女が来る⁉　ここに？　どうして？」

「うーん、僕がミリーと婚約するのを邪魔しに来るみたい」

「え？」

ミュリエルは意味が分からなくて首をかしげる。

「昔からしつこくてね。僕は好きじゃないって何度も言ってるんだけど、信じてくれないんだ」

「えーっと、よく分からない。私と結婚するより、その王女の方がいいのでは？」

「いやだなミリー。僕は誰とだって結婚できる立場だよ。僕が望みさえすればね」

「はあ」

アルフレッドがミュリエルの額《ひたい》を指でツンと押した。

「僕はねぇ、ずっと退屈だったんだ。ミリーがヨアヒムを昏倒《こんとう》させたって話を聞いたとき、ゾクゾクしたんだ。何かおもしろいことが始まるぞってね」

「ええっ、意味が分からない」

ミュリエルは頭を抱えた。

「どこの貴族令嬢が自国の王子を気絶させる？　あり得ないよね。頭おかしいじゃないか」

「う、ごめんなさい」

ミュリエルは少し涙目になる。

「褒《ほ》めてるから。そういうことで、面倒なことになる前に、手続きを済ませてしまおう」

「え？」

「ほら、とりあえずここに署名して。ひとまず書類上は夫婦になってしまおう。そうすればあのうっとうしい王女もすぐ諦《あきら》めるよ」

「はあ」

ミュリエルは流されて署名しようとして、慌《あわ》てて思いとどまる。

「いやいやいや、なんかおかしいでしょ、この流れ」

「ミリーよく考えて。ミリーは婿《むこ》が必要なんだろう？」

「うん」

その通りだから、ミュリエルは素直に頷《うなず》く。

「医学、法律、測量、土木などの知識を持つ健康な男がいいんだよねぇ？　僕以上にこの条件を満たせる男はどこにもいないよ」

「ホントに？」

「退屈しのぎに色々学んだからね。それに、僕の持参金は領地の年間予算の十倍だよ」

「お願いします！」

「よし、素直なのはいいことだ。ここ、さあ、ここに」

ミュリエルは金に転んだ。コロコロだ。なんだかよく分からないうちに結婚してしまった。

「念の為、同じ書類を五部作っておこう。さあ、ここにも署名を」

アルフレッドは一部を移動中の王女に送った。『もう結婚した。来ても手遅れだ』という手紙と共に。仮にも一国の王女に、この態度は許されるのだろうか。

ミュリエルは我に返って父に報告したところ、父は遠い目をしたが、持参金の額を聞いてすぐ立ち直った。

「でかした！」

過去最高に褒められた。

＊＊＊

「ミリーさまー、ミリーさまにお手紙でーす」

狩りに出ていた女たちが、ヒラヒラ手紙を振っている。

「ええ、私に？　なんで？　誰から？」

そんなこと、ただの一度も起こったことはない。

「んーっと。旅人っぽい男の人でしたよ」

「もしかして、イローナからかな？」

ミュリエルは手紙を受け取り、いそいそと開ける。読み進むにつれ、ミュリエルの眉間《みけん》にシワがより、首がどんどん肩に近づいていく。

「なんだったんだい？」

アルフレッドが心配そうに聞く。

「んー、なんだろこれは。領地とアルフレッド殿下の不利になりたくなければ、ひとりで城壁外の南にある湖まで来い。誰にも言うな、だって。あ、言っちゃった」

あわわわわわとミュリエルはオロオロする。

「見せて」

アルフレッドはさっとミュリエルの手から手紙を取ると、じっくり読む。

「ダン、湖に行って調べてきてくれ」

「ええっ、給仕係にそれは荷が重くない⁉」

「……いや、ダンは大丈夫だから」

「ご心配なく、ミリー様。王家の給仕係は仕事柄、気配を消して動くのが得意なのです」

ダンは大真面目《おおまじめ》に答える。

「そっかー、そうだよね。晩餐会《ばんさんかい》でお客さんの邪魔になっちゃダメだもんね。気をつけてね」

ミュリエルは朗《ほが》らかにダンを見送った。

「なんだろうね、変なの」

「そうだな……」

ミュリエルはいたってのんびり、アルフレッドはややピリピリして待っていると、気配のないダンが戻ってきた。

すごい、給仕係ってここまで気配消せるの！　今度コツを教えてもらおう。ミュリエルは感心しきりだ。

「殿下……」

「よい、ここで報告してくれ。どうせ黙っていたところで、ミリーにはすぐバレる」

「馬車が二台。男が十人。女がふたり。女の顔に見覚えがあります。……例の王女かと」

「そうか。動きが早いな……。おおかた、ミリーを排除すれば、僕と結婚できるとでも思っているのだろう」

ミュリエルは仰天《ぎょうてん》した。

「え、王女さま来ちゃった？　わー、アルの手紙間に合わなかったんだね。えーどうしよう。いい肉狩ってこなくちゃ。魔牛はまだ少しあるけど、王女さまは噛《か》みきれないよねぇ」

「お義父さんに相談しよう」

「そうだね」

ふたりは手をつないで屋敷に入り、ロバートの執務室に行く。

「父さーん、王女さまが来ちゃった」

「ふあっ？」

ロバートは書類から顔をあげ、ペンを取り落とす。

「ラグザル王国の王女さまだって。私からアルを取り返しに来たみたいだよ。どうしようね」

「……アル、説明してくれ」

アルフレッドの説明を聞いて、ロバートは頭をガリガリとかきむしる。

「つまりあれか？　アルに執着してるラグザル王国の王女が、ミリーとの婚約話をぶち壊すために、わざわざここに来たってことか？」

「おそらく、ミリーの命を狙《ねら》っているのでしょう」

アルフレッドが神妙な顔つきで言う。

「ミリーの命を？　へー、それは難しいと思うが……」

「あちらはミリーを普通の男爵令嬢だと思っているのではないかと」

「ああ、なるほど……。ほっとくか」

ロバートはしばらく考え、面倒くさくなった。王弟殿下の次は、隣国の王女。もうロバートの手には負えない。もう何も考えたくない。

「……それも手ではあるか……な。うん。ほっときますか」

アルフレッドも、それはひょっとすると妙案ではないかと思う。

「え、え？　どういうこと？」

「正式に訪問してきたわけではない、得体の知れない旅人を、わざわざ構ってあげる必要はないってことだよ」

「そうなの？」

ミュリエルは驚きロバートは喜ぶ。

ロバートは満面の笑みを浮かべた。難しいことを代わりに解決してくれる義息子、最高だ。

「ただ、領民が人質にでもされたら面倒だから、しばらくは城外に出るのは禁止する方がいいのでは」

アルフレッドは思いついた懸念を述べる。

「うーん、冬支度の真《ま》っ只中《ただなか》だからなあ。十人だろう？　二十人以上で狩りにいけばいいんじゃないか。湖には近づかないようにすればいいだろう」

魔牛に比べたら十人の男ぐらい、どうってことはないだろうとロバートは考えた。

「王女さまもそんなとこで待ってないで、ここに来ればいいのにね。ごはんとか足りるのかなあ。魔獣出たら危ないよねぇ」

ミュリエルはひとり別世界に住んでいる。のんきか。

「そんなことまでミリーが気にする必要はないよ」

アルフレッドは王女を全く警戒していないミュリエルに拍子《ひょうし》抜けした。

＊　＊　＊

ロゼッタは焦《あせ》っている。のこのこ罠《わな》に飛び込んでくるはずの男爵令嬢が、いっこうにやって来ないのだ。おかげでレイチェルをごまかすのが大変だ。

「ロゼッタ、いつになったら領地に着くのよ。こんなところで野営なんて絶対イヤよ。宿はどこよ」

うるせー小娘。黙れ。ロゼッタはなんとかレイチェルをなだめると、離れたところで男に確認する。

「ちゃんと手紙は渡したんでしょうね？」

「はい、確かに渡しました」

「仕方がない。次は王子を脅《おど》すわ」

＊＊＊

「アルさま～、アルさまにお手紙でーす」

若い女が真っ赤《まっか》になりながら手紙を持ってくる。

「ありがとう。誰に渡された？」

「なんか暗い感じの男の人。城壁から少し離れた場所でウロウロしてました」

女は何度もアルフレッドを振り返りながら駆けて行った。

アルフレッドが手紙を開くと、ミュリエルはすかさずのぞきこむ。

「ひとりで湖に来い。さもなくば王女を殺す。ラグザル王国と戦争になりたくなければ、手紙を受け取り次第来るように。誰にも言うな。……えええ、マズいよ。どうする、アル？」

ミュリエルがうろたえる。

「どうもしない」

「え？　どうもしないの？」

アルフレッドは興味なさげに手紙をポケットに押し込む。

「殺したければ勝手に殺せばいい。こちらは知らぬ存ぜぬを押し通せばいいだけだ。旅人が仲間割れしただけだよ」

「ひえっ、冷たい」

「僕はミリー以外の女がどうなろうと、どうでもいいからね」

「ふぁー」

「そういえば……」

アルフレッドが少しソワソワしてミュリエルを見る。

「ミリーは今女伯爵なんだ」

「えっ、それってすごい上の地位じゃないの？」

「ほら、ヨアヒムを助けてくれて、おまけに僕のことも猪《いのしし》から救ってくれただろう？　立て続けで王族を救った功績で女伯爵に陞爵《しょうしゃく》したんだ。その方が、僕が婿入りするのに好都合だから……。ごめん、きちんと伝えていなかった。大丈夫かな？」

「ええーっと、よく分からない。私何かしなきゃいけないこととかある？」

「特には……ないかな。書類の手続きなんかは僕がやるし。ミリーはそのままでいてくれればいいんだ。そのままのミリーが僕は好きだから」

「そうなの？　よく分からないけど、はーい」

「もうひとつ手柄を立てると女辺境伯だ」

「ははあ、それって偉いんだよね？」

「まあ、ね。でも面倒ごとは僕がやるから、ミリーは気にしなくていい」

「はーい」

＊　＊　＊

「クッ、なぜ誰も来ない……。完全に舐《な》められてる……。王女を殺す訳がないと思ってるのね。見てらっしゃい、そっちがその気なら……」

「ロゼッタ、いつまでここにいるのよ。早く宿に向かいなさいよね」

「ちっ」

＊　＊　＊

「アルさま～、女がふたり城門の前で騒いでまーす。アルフレッドおーてーでんかを出せって言ってまーす」

子どもが必死の形相で走ってきた。

アルフレッドとミュリエルは急いで城門に向かう。血走った目をした女が、さるぐつわをされた若い女の首に短剣を当てている。

「舐めやがって。お前らはいつもそうだ。静観していたら物事が収まるとでも思ってんのか。ここでこの女を殺してやる」

若い女は必死で逃げようとするが、年上の女はびくともしない。

ミュリエルは焦った。足元の石を拾う動きができそうにない。下手《へた》に動くとあの女が短剣を刺してしまいそうだ。ミュリエルはチラッとアルフレッドを見上げた。アルフレッドはいつも通り穏やかな表情をしている。アルフレッドはミュリエルの視線に気づくと、パチッと片目をつぶり、ミュリエルの手をギュッと握ってすぐ離した。

ミュリエルの手にガラス玉が入れられた。ミュリエルは慎重にガラス玉を左手に移す。

「ローテンハウプト王国のアルフレッド王弟殿下が手をこまねいた結果、ラグザル王国のレイチェル第三王女は見殺しにされる。戦争を起こしてやる。両国とも滅びるまで戦え」

女が短剣を振りかざして胸に突き立てようとした瞬間、ガラス玉が女の手を打った。短剣がカランと落ちる。続けて放たれたガラス玉が女の眉間を打った。ふたりの女はゆっくりと地面に崩れ落ちる。

「お見事」

アルフレッドがニコリと笑う。

「よくガラス玉持ってたね」

「僕がミュリエルを愛するきっかけになった品だからね。ずっと大事に持ってたんだよ」

「そっか」

アルフレッドはミュリエルの腰に手を回して抱き寄せる。

「おめでとうこれでミリーは女辺境伯だ」

「えっ？」

「王女を救ってお手柄だねってことだ」

「えっこんなことで？」

「ラグザル王国の第三王女を賊の手から救ったんだ。素晴らしい功績だよ」

「ふぁー」

＊＊＊

王宮の文官は泣いている。アルフレッド王弟殿下から次々と書類が届くのだ。

ミュリエル・ゴンザーラに男爵位を与えた。子爵位を与えた。伯爵位を与えた。結婚した、伯爵に婿入りだ。辺境伯位を与えた。結婚の書類を訂正だ、辺境伯に婿入りだ。ラグザル王国と外交交渉するから希望条件を出せ。

ギャー

文官は泣いた。
エルンスト国王は弟の初めての乱心を淡々と受け止めた。

25. 直接対決

Lady throwing stones

真夜中ミュリエルはふと目が覚めた。誰かの叫び声が聞こえた気がした。屋敷を回ってもシーンとしている。気のせいか……。ふと気になって窓から外を見ると、アルフレッドが過ごしている家に明かりが灯《とも》っている。ミュリエルは上着を羽織《はお》ると、そっと外に出てアルフレッドの家に向かう。

耳をすますと、ジャックの声が聞こえた。

「殿下。……殿下」

「ああ、ジャックか……。ひどい夢を見ていた。あの王女と結婚している夢だ……。うぐっ……」

アルフレッドが嘔吐《おうと》している音が聞こえる。

「ジャック、すまない……」

「お召し物を替えましょう。さあ、こちらに着替えてください。……新しい寝具をお持ちいたしますね」

ジャックが部屋を出ていく音がする。ミュリエルは少しためらったが、近くの木を登って二階のアルフレッドの部屋の窓まで近づく。どんぐりを窓ガラスに投げると、アルフレッドが窓を開けて目を見開く。

「ミリー」

「叫び声が聞こえたから来てみたの。大丈夫？」

「……あの王女は僕には本当に無理なんだ。イヤな夢を見てしまった」

「そっか……」

「ミリー、寒くない？　そしたら後ろに下がってくれる？」

「いいの？　中に入ったら？」

ミュリエルは上の枝のしなり具合を確かめると、枝にぶら下がって反動をつけてアルフレッドの部屋に飛び込む。

「ミリー、普通に玄関から入ってくればいいのに」

アルフレッドが青ざめながらミュリエルを抱きしめる。薄い寝巻きからアルフレッドの体温がじかに感じられて、ミュリエルはドキドキした。アルフレッドはミュリエルの髪に顔をうずめて、深呼吸をしている。

「ミリー、来てくれてありがとう。これでよく眠れそうだ」

「アルが眠るまで手を握っててあげる。まだ真夜中だよ、寝た方がいいよ」

ミュリエルは扉の外で静かに立っているジャックに目を合わせる。ジャックは無言で入ってくると、新しい寝具で手早くベッドを整え、部屋から出て行った。

「さあ、ベッドに入って。イヤな夢を見ないように、おまじないをしてあげる。そういえば、魔牛の角ってどこにあるの？」

「確かキレイに洗って乾かして棚に入れたと思うけど」

アルフレッドが衣装棚を開けて、布に包まれた魔牛の角を取り出す。ミュリエルは角を持つと、アルフレッドをベッドに押し込む。

「魔牛を狩れてよかった。魔牛の角には魔除けの力があるから。これをベッドの上に置いたら、怖い夢はもう来ないよ」

ミュリエルは、ベッドの頭側の棚に角を置いた。ミュリエルは右手の人差し指と小指だけを立てて、手を魔牛の形にすると、アルフレッドの胸の上をトントンと叩《たた》いた。

「父なる太陽、母なる大地、我ら大地の子。我が眷属《けんぞく》となりし魔牛よ、アルフレッドを邪視から守り給《たま》え。風の精霊よ、アルフレッドの悪夢を吹き飛ばし給え。風よ、吹け。魔よ、去れ」

ミュリエルはアルフレッドの額《ひたい》にふーっと息を吹きかけると、アルフレッドの目を手で閉じ額にキスをした。

ミュリエルはアルフレッドにしっかり掛け布団《ぶとん》をかけると、布団の下で手を握る。しばらくするとアルフレッドの呼吸が規則正しくなる。ミュリエルはしばらく様子を見ると、そっと手を外し、静かに部屋から出た。

扉の外にはまだジャックが立っている。ふたりは足音を殺して階下に降りた。ジャックが小声で礼を言う。

「ミリー様、ありがとうございました。殿下はレイチェル王女が生理的に受け付けないのです」

「吐くほど嫌いってよっぽどだよ。そんなに辛《つら》いことがあったんだね。かわいそうに」

「ミリー様に出会われてからは、夜うなされることもなくなっていたのですが」

「そうなんだね。早く王女にはラグザル王国に戻ってもらおう。さあ、ジャックももう寝てね、私も寝るから」

「はい、お屋敷までお送りいたします」

「大丈夫、すぐそこだから」

ジャックが止める間もなく、ミュリエルは軽《かろ》やかに駆け出した。ジャックはミュリエルが屋敷の中に入るのを確認すると、扉を閉めた。


翌朝、ミュリエルとアルフレッドは王女たちを入れた地下牢に向かう。

「ミリー。ミリーは行かなくていい。一応あちらの言い分を聞いておくだけだから」

「ダメだよ。アルはあの王女が吐くほど嫌いなんでしょう。一緒についていくよ」

ミュリエルには吐くほど嫌いなものなんてない。夏の生ごみの上にたまにいる、白いうじ虫がウヨウヨ動いているのを見ると、全身におぞ気がたつが、それでも吐くほどではない。

地下牢ではレイチェルとロゼッタが口汚くののしりあっている。アルフレッドは顔をしかめると、ダンに指示をしてロゼッタの口にさるぐつわをさせた。

レイチェルはミュリエルを見ると、真《ま》っ赤《か》な目をギラギラと光らせて口を開く。

「このブス」

「はあ」

レイチェルが顔を歪《ゆが》めて吐き捨てる。かわいい顔が台無しじゃないか、ミュリエルは心配になった。

「よくもアルフレッド殿下を騙《だま》したわね」

「そうね」

そう言われても仕方ないよねー、ミュリエルは頷《うなず》いた。

「さっさと身を引きなさいよ。ただの田舎《いなか》の男爵令嬢が、アルフレッド殿下と婚約できると思っているの？」

「まあね」

私が一番そう思ってるよー、ミュリエルは遠い目をする。

「アルフレッド殿下はわたくしの運命の相手なのよ。八年間ずっと再会できるのを待っていたのよ。邪魔するな外道の分際で」

「わー」

「わたくしとアルフレッド殿下はもう既《すで》に契りを結んでおります。お前の入る隙間《すきま》などない」

「ええー」

「八年前にまぐわっております。めくるめく愛のひとときでしたわ」

「まぐわうってなんだっけ……」

「……ミリーは知らなくていいし、やってないから。一方的に襲われかけただけだから」

「ふーん」

アルフレッドがミュリエルを抱き寄せる。

「アルフレッド殿下、わたくしです。レイチェルです。やっとお目にかかれました」

「黙れ」

アルフレッドは虫ケラを見るような目をチラリとむけ、すぐにミュリエルの髪に顔を埋《うず》める。目が汚れてしまった。

「アル、さあ、その女は魔女です。わたくしが成敗いたしましょう」

「お前にアル呼びを許した覚えはない」

アルフレッドは顔も上げずに冷たく切って捨てる。ミリーは相変わらず太陽の匂《にお》いだ。胸いっぱいに吸い込む。毒虫の禍々《まがまが》しさが、少し薄れた気がする。

「結婚式には赤いドレスを着る予定ですわ。わたくしの瞳《ひとみ》の色です」

「興味ない」

「アルは黒がいいと思うのです。わたくしの髪の色ですわ」

「次にアルと呼んだら舌を切る」

「いや、待って。ダメだから」

ミュリエルはアルフレッドの背中を叩く。

「ラグザル王家に伝わる指輪を持ってきました。さあ、指輪を交わしましょう」

「バカめ」

「どうして、どうしてですの？　ちっとも話が通じませんわ」

「いや、お前がな」

「やはりその魔女のせいなのですね。それのせいでアルフレッド殿下は変わってしまわれた」

「まあ、それはその通りだ」

「わたくしの愛したアルフレッド殿下はどこに」

「姿絵でも買って見ておれ」

「わたくしに愛をささやいてくださったアルフレッド殿下はいずこへ」

「棺桶《かんおけ》の中なら会えるんじゃないか」

「アル、言い過ぎだよー」

「何を言ったところで都合よく解釈するんだからどうでもいい」

アルフレッドはミュリエルの瞳を覗《のぞ》き込む。醜いものは見たくない。

「お前がアルと呼ぶな、汚らわしい。卑《いや》しい底辺の貴族崩れが」

レイチェルが獣《けもの》のように吠《ほ》える。ミュリエルは目を丸くする。

「よくそんなに悪口が次々と出てくるね。喉《のど》が乾かない？　ウサギのスープ持ってきたから食べなよ。これなら王女さまでも嚙《か》みきれるよ、柔らかいからね」

ミュリエルはアルフレッドから離れると、スープを差し出す。

「よこしなさい」

ムグムグ
「ふんっ、田舎の料理にしては悪くないわね。もっと食べてやってもいいわ」

「はい、どうぞ」

モグモグモグ

「まもなくラグザル王国から迎えがくる。それまで仲間と仲良くしておれ。ダン、そっちの女のさるぐつわを取って食事を与えてやれ」

「御意」

「ロゼッタ、お前という者は……。この無能、恩知らず」

「死ねや腐れ女が」

アルフレッドとミュリエルは、罵詈雑言《ばりぞうごん》が飛び交う地下牢の扉をそっと閉じた。

「よくしゃべる王女さまだね。ビックリしちゃった」

「ミリーの耳が汚れてしまう。ミリーが行くことなかったのに」

アルフレッドは両手でミュリエルの耳を覆った。

「ミリーの耳を清めるために、僕がこれから一日中愛をささやいてあげる」

アルフレッドは両手を離して、ミュリエルの耳元でささやく。

「ああ、いいからいいから。気にしないで。それより、王女さまを地下牢に入れてていいの？」

ミュリエルは耳がかゆくて、顔をそらした。

「正式な許可証も持ってない、ただの密入国者だ。地下牢で十分だよ。十名の男たちも無事投獄したし、にぎやかでいいだろう」

「そっか。まあ、あれだけうるさいと、屋敷にはあげられないよね。じゃあいっか」

「うん」

さて、何を搾《しぼ》り取ってやろうか。国境沿いの領地をもらって、そこをミリーにあげてもいいな。

あの女はクズだが、腐っても王女だから使えるだけ使い倒してやる。ミリーを侮辱《ぶじょく》した分を、倍にして返してやる。見ておれ。

アルフレッドは穏やかな表情の下で、どう隣国をいたぶろうか思考を巡らせる。

ミュリエルはせっせと悪夢除けの刺繍《ししゅう》をしている。こっそりジャックに尋ねたところ、地下牢でレイチェルに会ったあと、またアルが吐いたらしい。かわいそうなアル。ウジ虫が固まって大きくなって近寄ってくるところを想像すると、アルの吐き気が少しは想像できる。

また悪夢を見ないように、強力なお守りを刺繍してあげよう。

ミュリエルはばあさんたちに聞いて、石の民に伝わる最強の魔除けをベッドの掛け布に刺繍しているのだ。

「刺繍の嫌いなあの姫さまがのう」

「鏡を縫い込むのが一番強いはずじゃ」

「鏡は邪視を跳《は》ね返すからの」

「姫さまもすっかり娘らしくなられて」

ばあさんたちは、涙ぐみながら刺繍するミュリエルを見守る。ミュリエルはたまに針を指に突き刺してはうめきながら、掛け布の刺繍を終えた。色とりどりの糸で鏡を縫い付けた、実に派手な掛け布である。

「よくできておる。これでアル様も朝までぐっすり眠れるでしょう」

「ついでに腕輪も作ってあげなされ」

「とっておきのガラス石を出してきましょう」

ばあさんたちが、貴重なガラス石を出してくる。

「これは本来なら領主一族しか使えないものですが、アル様なら問題なかろう」

「よい気がこもっております。強い腕輪ができるでしょう」

ミュリエルは、緑色のガラス石をよりすぐって、腕輪を作る。青色の腕輪も自分用に作った。

「さりげなく姫さまの瞳の色で腕輪を作られるとは」

「これは独占欲の現れでしょうかな」

「ちゃっかりアル様の瞳の色でご自分用の腕輪まで作られるとはのう」

「姫さまもすっかり女になられて」

ばあさんたちがまた涙ぐむ。ミュリエルはいたたまれなくなって、立ち上がった。

「ありがとねー。アルに渡してくる」

ニヤニヤと笑うばあさんたちを振り切ると、ミュリエルはアルフレッドを探しに行った。アルフレッドは護衛たちと石投げの特訓をしている。ちょいちょいとアルフレッドを呼ぶと、ニコニコしながら近寄ってくる。

「これ、魔除けの掛け布だよ。鏡は邪視を跳ね返すってばあさんたちが言ってた」

「ミリー、ありがとう。こんなに刺繍するなんて、大変だっただろう？　すごく嬉《うれ》しい」

「ま、まあね。刺繍はあんまり得意じゃないからガタガタだけど……。こっちは腕輪。これはいい気がこもってるから、魔除けになるよ。いつもつけててね」

ミュリエルはアルフレッドの左腕に緑色の腕輪をはめる。アルフレッドはハッと息を呑《の》み、ミュリエルでさえ赤くなるような笑顔を見せた。後ろでバタバタと領地の女たちが崩れ落ちる音が聞こえる。

「ミリー、ありがとう。愛している」

アルフレッドはミュリエルを抱きしめて耳元でささやいた。

「うわあぁぁぁぁ」

ミュリエルは思いっきり後ろに飛んだ。アルフレッドが少し傷ついたような顔をする。

「あ、ごめん……。まだちょっとそういうのに慣れてなくて……」

ミュリエルはもじもじし、アルフレッドは苦笑する。

「あの、湖に白鳥見に行かない？　ほら、ヒナを見に行こうって前言ってたでしょう？」

「ああ、いいね。行こう」

アルフレッドは自然にミュリエルの手を取ってしっかりとつなぐ。ミュリエルは少し赤くなりながら、元気に歩いていく。ふたりの後をダンとケヴィンが距離を取りながらついて行く。

ふたりが遠ざかったあと、残った護衛たちが口々に言いあう。

「かーっ、初々《ういうい》しいっす。俺もかわいい嫁が欲しい」

「すごいものを見てしまった。殿下のあんな笑顔、王都では見たことがない」

「確かに。あれを姿絵にしたら国庫が更に潤《うるお》うな」

「いえ、あの笑顔はミリー様だけのものです。売りに出すのはやめましょう」

ジャックが冷静にたしなめる。

「そうですね。いらん害虫がわくと殿下がまた吐いてしまう」

うんうんと護衛たちが頷いた。

「ミリー様が少しずつ殿下に心を開いていく感じがたまらないですね」

「あの殿下にあそこまで言い寄られて、まだ心を開き切らないなんて……」

「なかなか手ごわいっすね、ミリー様」

「だが、そこがいいのだろう。殿下にとっては」

「そうだな。早く殿下の思いが報われますように」

男たちは神に祈りを捧げた。女嫌いの殿下がようやく見つけた掌中《しょうちゅう》の珠《たま》。ふたりが幸せになりますように。

26. お金の使い道

Lady throwing stones

王弟の力をいかんなく発揮《はっき》し、ラグザル王国から異例の速さで迎えの馬車がやってきた。アルフレッドは清々《すがすが》しい笑顔で、王女たちを引き渡す。

レイチェルが必至にアルフレッドに声をかける。アルフレッドはミュリエルの髪に頭をうずめて、レイチェルを見もしない。

「アルフレッド殿下」

「アルフレッド殿下、お慕い申しております」

「さっさと国に帰れ。そして二度と来るな」

アルフレッドは冷たく言い放つと、ミュリエルの手を取って歩き去った。

泣きわめくレイチェルを乗せ、馬車は城門から出ていく。ばあさんたちは、城壁にノソノソと上がると、清めの小石をまいた。

「魔よ、去れ。石の神よ、風の精霊よ、領地を清め給《たま》え」

ばあさんたちが何度も小石をまき、領地内に清らかな風が吹く。

ばあさんたちは満足そうに笑うと、ゆっくりと階段を降りる。領地に平穏が戻った。

最近、毎日王家からの早馬が来る。

「兄上から至急の連絡が来た。すぐ王都に戻れって」

「え、そうなの？　なんかあった？」

「んー、ラグザル王国との交渉の件だね。勝手に決めるなって釘を刺されてしまったから」


アルフレッドはミュリエルを見て尋ねる。

「ミリーはラグザル王国から欲しいものって何かある？」

「欲しいもの……。お金？」

「まあ、お金はもちろん、きっちり絞《しぼ》り取るから期待しておいて。お義父さんがしばらく税収に悩まなくて済むぐらい取るから」

「わーい」

これで弟たちに新しい服を買ってあげられる。育ち盛りだから、すぐ袖《そで》とか裾《すそ》が短くなるのだ。

「他《ほか》に欲しいものないか考えておいてね。宝石とか毛皮とか武器とか。土地とか鉱山でもいいからね」

「鉱山……もらってもどうしたらいいか分からないけど」

「それは優秀な人材雇って、管理させるから大丈夫。そしたら、ラグザル王国のよさそうなものをまとめさせるから、それ見て一緒に考えよう」

「うん」

なんて至れり尽くせりなんだろう。王弟をそこまで働かせていいのか、ミュリエルは少し気が引ける。

「ラグザル王国の件だけじゃなくて、ミリーとの結婚式の手配なんかもあるからね。王都に戻ってその辺りを調整するよ。文官が泣いているらしい。兄に怒られてしまった」

「そっか……」

アルフレッドはいそいそと、ジャックに荷造りするよう告げに行く。

仕事が異様に早いアルフレッドの側近たちは、その日のうちに荷造りを終えた。翌日出発することになった。

「という訳で、王都に戻ります。結婚式の調整ができ次第連絡します」

「分かった。任せる」

アルフレッドはにこやかにロバートに連絡事項を伝えていく。

ミュリエルはどこか落ち着かない気持ちで、アルフレッドに別れの言葉をかけた。

「元気でね……」

「ん？　ミリーも一緒に行くよね？」

アルフレッドは怪訝《けげん》そうな顔でミュリエルを見つめる。

「え、そうなの？」

「僕がミリーと離れる訳ないじゃない。ミリーの荷物も馬車に乗せてあるよ」

「え、そうなの！」

「そういえば、一緒に行くのが当たり前だと思って、わざわざ聞いてなかった……。もしかしてイヤ？」

アルフレッドの表情がくもる。

「え、イヤじゃないよ。行こう行こう」

「ふふ」

盛大に領民に見送られながら、一行は王都に向かった。

＊＊＊

一方、ミュリエルたちが去った領地では、屋敷の一番広い部屋に、領民が続々と集まっている。一家にひとりが参加する、大事な会議だ。

部屋の前には大きな黒板があり、長男のジェイムズが白墨《はくぼく》を持って立っている。黒板から少し離れて、全体を見渡せるところで、ロバートが椅子《いす》に座っている。領民は前から順番に床に座る。皆慣れたもので、クッションなどを持ち込み思い思いに座った。

ロバートはよく通る声で話し始める。

「よし、大体集まったな。ミリーのおかげで金がたんまりある。冬になる前に、今のうちにやっておくべきこと。そして来年の金の使い道を大至急決めよう」

ロバートは黒板に書かれた文字を指し示す。

「既《すで》に案は出してあるから、皆の意見を聞かせてくれ」

ロバートは黒板の文字を読み上げた。
・城壁の修理
・城門の強化
・投石機の追加
・弓と槍《やり》の追加
・農耕馬の購入
・農場の開墾《かいこん》
・農耕道具の追加
・各家の修復補助
・各人の靴の購入補助
・新しい屋敷の建築
早速、領民が意見を出し、ジェイムズが黒板に加えていく。

「屋内の共同洗濯場を大きくして、お湯が沸かせるようにしてほしいです。お湯で洗えると、冬場は助かるんで」

女たちが大きく頷《うなず》いた。

「城壁外の井戸の数を増やしてほしい」

「湖までの道を整備してください。狩りに行きやすくなる」

よく狩りに行く者たちが顔を見合わせて賛成する。

「羊《ひつじ》の数を増やして、共同の糸車を増やしてほしい」

「だったら機織《はたお》り機ももっとほしいです」

女たちが口々に言い合い、ジェイムズが記入していく。

若い男が目をキラキラさせて手を上げた。

「農耕馬だけでなく、早馬も欲しいな」

「なんに使うんだよ、そんなもん。走るだけの無駄な馬を養う余裕なんてないよ」

「む……。ミリーさまへの手紙をすぐ届けられるといいじゃねえか」

「バカか、王都まで手紙届けるってか。だったら隣領地への仕入れ頻度《ひんど》を増やせばいいだろう。荷馬車なら増やしてもいいんじゃないかね」

「そうだな」

ジェイムズは荷馬車の追加と書く。

「牛がもっといる」

「小屋も増やさないと」

「アル様が人をたくさん連れてくるなら、家畜は増やさないと」

ジェイムズは家畜と小屋と書いた。

「剣も欲しいな」

「何夢みたいなこと言ってんだ。剣なんてどこで使うんだよ」

「狩りで……」

「却下だ、バカ野郎。お前は木の棒で遊んでろ」

男はいじけて下を向く。

「料理人を雇ってほしい」

中年の女がポツリと言った。

「確かに……」

「やっぱさあ、肉にはソースってもんがいるんじゃねえの」

「こんなとこに来てくれる料理人がいると思うか？」

領民たちは不安そうに顔を見合わせる。

「ミリーさまに王都から連れて来てもらおう」

「それだ」

ジェイムズは、料理人はミリーが捕獲と書く。

「新しい屋敷もいるけどさあ、ロバート様たちの屋敷もなんとかしないと」

「確かに」

「雨漏《あまも》りと隙間風《すきまかぜ》にアル様をさらすのはいたたまれんかった」

屋敷の修理を手伝った男たちが青ざめる。

「壁紙も古いし、カーテンもボロボロだし」

「もうちょっと質のいい銀食器も買ったらどうだい」

「アルさまに似合うヤツをさあ」

「そうだな」

領民たちが白熱する。芸術品のようなアルフレッドが、ボロ屋敷で過ごしているのが気になったようだ。

「家具も買いなよ」

「客室用のベッドも買わなきゃ」

「ソファーとかさあ、座るとこデコボコしてるだろ」

「アル様が座ってるとこ、見てられんかった」

ジェイムズは屋敷の諸々《もろもろ》と書いた。少し顔が赤らんでいる。

「そんなこと言ったら、領主一族の服もなんとかしないと」

「せめてアル様の護衛に見劣りしないぐらいのさあ」

皆がロバートとジェイムズの全身をじろじろ確認する。

「ワシらと同じような服着てるもんな」

「いや、もちっとマシだろうけど」

「ロバート様の上着の肘《ひじ》のとこ、つぎはぎがあるし」

ロバートは腕を後ろに隠した。

「あれ、侍従の人がめっちゃ見てたし。ちょっと恥ずかしかったわ俺」

「じゃあ、領主一族にはもうちっと贅沢《ぜいたく》してもらうということで」

「賛成」

ロバートは怒ろうか迷って、結局笑った。

「お前ら……。ありがとう」

若い女がハッとした様子で大声を出す。

「ねえ、大事なこと忘れてない？　ミリー様の結婚式よ。王都でもするけど、こっちでもするよね」

「あ」

「忘れてた」

ロバートがポツリとこぼした。

「おい」

領民たちは呆《あき》れたように大きな声を出す。

「もうさあ、そのもらったお金の半分をさあ、領主一族で使いなよ。パーっとさ」

「そうだよ、シャルロッテ様に新しいドレス買ったげなさいよ。結婚式で着るドレスとは別にさ」

「一族全員ね。もちろんロバート様とジェイ様のも」

領民一同、大賛成のようだ。

「たまには自分たちで使いなさいよ」

「他の貴族はそうしてるって、アル様の護衛の人が言ってたよ」

「アタシたちは幸せなんだってさ。今まで知らなかったけど、ありがとうロバート様」

領民がニコニコしている。ロバートは下をむいて怒鳴《どな》った。

「泣かせても何も出ないぞ」

領民はゲラゲラと大笑いする。

「すんごい泣いてるー」

「おい、言うなよそういうこと」

いつもは少ない税収をどう使うかで議論がいつまでも終わらないのだが、今回は和《なご》やかにあっさりと終わった。

金があるって素晴らしい。ロバートは袖で涙をゴシゴシ拭《ふ》きながら、アルフレッドとミュリエルに感謝した。

27. シャルロッテ

Lady throwing stones

「シャルロッテ、あれがパンサーという動物だよ」

父に連れて行かれた公爵家の庭の、大きな囲いの中に、その動物はいました。子馬ほどの大きさのある、猫のような生き物です。淡い褐色の肌に不思議な黒い斑紋《はんもん》があります。

歩くたびに、しなやかな筋肉が盛り上がります。なんて美しい……そう思ったとき、目があったのです。全てを諦《あきら》めたような目でした。

「ちょっとしたモノだろう。父上が貿易商から高値で購入したのだ」

公爵家子息のゲイリー様が自慢げに仰《おっしゃ》います。

「来た当初は暴れたのだがな。今はああして大人しいだろう。何度か水をかけてシツケをしてやったのだ」

わたくしは何を言えばいいのか分かりませんでした。

「死んだら毛皮を応接室に飾るつもりだ」

わたくしは、もう一度その哀《かな》しい目を見ました。わたくしは耐えられなくなって、目をそらしました。

＊＊＊

「ロバート・ゴンザーラ、男爵家の長男だ。田舎《いなか》の領地に住んでいる。領民は千人ばかりの弱小領地だ。産業はない。狩りと農業で暮らしている。厳しい領地だ。健康な人間でないと暮らしていけない」

その男は、静かな目で教室を見回しました。

「健康で金のある女性を嫁にもらいたい。ひどいことを言っているのは分かっている。だが、騙《だま》して連れて帰っても逃げられるだけだからな」

教室は静かです。男はニコリともせず、席に着きました。

なんとなく気になって、その男を目で追うようになりました。今まで王都で見たことのない、荒削りな男だったからかもしれません。

彼はいつもひとりです。古びた流行遅れの服を着て、たまに裸足《はだし》で学園に来るのです。

「どうして靴を履かないの？」

気になって聞いてみました。彼は少し照れくさそうに笑います。

「領地では、冬しか靴を履かないんだ。靴は高いからな。それがクセで、つい履き忘れてしまう」

「まあ……」

靴を履かない領地があるだなんて。わたくしには想像もつきません。少しずつ、彼と話をするようになりました。

「石で狩りをするの？　弓ではなくて？」

「弓は高いからな。滅多に使わない。石はいいぞ、どこにでもあるだろう。それにタダだ」

彼が屈託《くったく》なく笑います。子どもみたいに邪気のない笑顔です。

彼が剣術の授業を受けているところを見ました。意外にも剣が使えるのです。雅《みやび》では決してないですが、じっくり機会を伺《うかが》って一撃で急所を突くのです。

美しい、そう思いました。なぜだか、あのときの哀《あわ》れで優美なパンサーを思い出しました。

父がわたくしに婚約話を持ってきました。あのときの、公爵家のゲイリー様です。わたくしは咄嗟《とっさ》に、イヤだわと思いました。でも、そんなことは言えません。貴族女性は親の決めた相手と結婚する、それが幸せだと教えられてきました。

「シャルロッテ、なんて美しいのだ。そなたは完璧な淑女だ。私は誇らしく思う」

滅多に褒《ほ》めない父が、珍しく上機嫌です。公爵家と縁つづきになるのが嬉《うれ》しいのでしょう。

わたくしは父に従って、公爵家の応接室に入りました。すっかり背が高くなった青年のゲイリー様がいらっしゃいます。わたくしは挨拶《あいさつ》しようと近づいて、息が止まりました。

ゲイリー様が、パンサーの毛皮の上に立っているのです。わたくしは頭が真っ白になりました。足がすくんで一歩も動けません。

「シャルロッテ」

父の咎《とが》めるような声が遠くで聞こえます。都合よく、わたくしは意識を失いました。

「わたくしは、ゲイリー様とは婚約いたしません」

生まれて初めて父に反抗しました。父にひどく頬《ほお》をぶたれました。母が止めるまで、何度も叩《たた》かれました。

顔が腫《は》れあがって、学園をしばらく休まなければなりませんでした。

やっと学園に行けたとき、わたくしを見てロバートはパッと笑みを浮かべ、そのあとすぐ表情をくもらせました。

「何かあったのか?」

わたくしは、ロバートにパンサーのことを話しました。ゲイリー様のことも。彼とは婚約したくないことも。

「ロバート、わたくしをあなたの領地に連れて行って」

ロバートはわたくしを黙って見つめると、わたくしの手を優しく両手で包みます。

「分かった。すぐご両親にご挨拶に行こう。許してもらえるまで何度でも頭を下げるよ」

父はロバートの話をろくに聞きもせず、屋敷から追い出しました。わたくしは部屋に軟禁され、外出を禁じられました。

「ロバート……」

泣きすぎて頭がはっきりと動きません。ロバートの幻影が窓の外に見えるぐらいです。

カタリ　窓が開いて、ロバートの幻影が部屋の中に入ってきます。冷たい夜風がわたくしの頬を撫《な》でます。

「シャルロッテ、君のお母さんに連絡をもらった。今なら出られる。俺と一緒に行ってくれるか?」

「わたくし、持参金を払えないわ……」

「金なんてどうでもいい。シャルロッテが来てくれるなら、俺はそれだけで幸せだ」

「行くわ」

「二度と王都に帰れなくなるかもしれない」

「それは行ってから考えるわ」

わたくしは母にだけ別れを告げました。母はわたくしをキツく抱きしめ、何も言わずに金貨のぎっしり詰まった袋をくれました。ほとんど着の身着のままで家を出ました。

ロバートが手配した馬車に揺られ、靴を履かない領地にやって来たのです。

＊＊＊

「シャルロッテ、領民がお前のドレスを買ってやれって。明日一緒に隣の領地に買いに行かないか？」

ロバートが照れくさそうに誘います。

この二十年、ロバートにはほとんど毎年謝られ続けてきました。

「すまないシャルロッテ。新しい井戸をいくつも増やしたせいで、もう金がないんだ。新しいドレスを買ってあげたかったのに」

その度にわたくしは、笑いました。お金はいつだってないのです。なんとかするしかありません。

わたくしは安い布で家族の服を作れるようになりました。

ドレスを買いに行くのは久しぶりです。ロバートの新しい上着も買いましょう。家族全員の服を買えるなんて、心が浮き立ちます。

「ずっと苦労させてすまなかったな」

「確かにそうだわ」

ロバートが少し肩を落とします。

「でも、檻《おり》の中で毎日新しいドレスを着るよりよっぽどいいわ。わたくしはどこにだって歩いて行けますもの。靴を履かなくたって、あなたとならどこにでも行けるのよ」

ロバートが不安そうにわたくしを見ます。

「六人も子どもを産んだのに、どうしてそんな顔をするの？」

おかしくて笑ってしまいます。

「幸せか？　シャルロッテ」

「もちろんよ、ロバート。わたくし、ずっと幸せよ」

ロバートの首に腕を回して、優しい瞳《ひとみ》を見つめます。

あの哀しい目をしたパンサーを、わたくしは忘れることはないでしょう。

ロバートが、そして家族と領民が、あのような目をすることが決してないよう、わたくしは強くあらねばなりません。

28. 幸せな時間

ミリーとアル様たちが王都に行ってしまいました。領地はまた静かになります。私は母さんの部屋を訪れます。

「母さん、ミリーのことで相談があるのだけど」

「あら、マリーナ。お入りなさい」

母さんが広げていた布や針仕事の道具を片付ける。私達はソファーに並んで座った。

「母さん、ミリーは王都で大丈夫かな？　まさかアルフレッド王弟殿下がお相手だなんて……。アル様はミリーを大事にしてくれてるけど、王都の貴族連中が黙って見てるとは思えないから心配……」

「そうね。アル様は貴族女性の間で人気が高いでしょうから。ミリーは嫉妬《しっと》ややっかみを受けるでしょうね」

母さんとふたりでため息を吐《つ》きます。

「でも、ミリーはいつだって助けてくれる人をみつけるでしょう？　だからわたくしはそれほど心配していないのよ」

母さんが苦笑交じりに言います。確かに、ミリーはなんだかんだいつもうまくやっていける子です。

「そうね、ミリーなら大丈夫かなあ」

私は少しだけ気が楽になりました。

「マリーナも王都で最初は苦労したけど、すぐに慣れたでしょう？」

「そうねえ、はじめのころは田舎者《いなかもの》ってバカにされたりしたけど……。私ってほら、周りに合わせていくのが得意でしょう。それにすぐにトニーに会って、ここに戻ってきたし」

「そうだったわね。ミリーは周りに合わせるのはそれほど得意ではないけれど……。周りがなぜかミリーに合わせるようになるから、大丈夫ではないかしら？」

母さんがあっけらかんと言って笑います。私もその通りだなと、おかしくなりました。

「そうね、ミリーならいじめられても返り討ちにしちゃうわね。それか、まったく気にせずいつの間にか味方につけちゃうか」

「そう、そうよ。あの子はね、味方を作るのが上手ですもの。きっと大丈夫。アルもついているし」

私はすっかり元気になりました。

「ミリーの花嫁衣裳《いしょう》を大至急仕上げないとね」

「あら、手伝ってくれる？　刺繍《ししゅう》が多くてね、マリーナが手伝ってくれると助かるわ」

「もちろんよ。刺繍の腕なら誰にも負けないもの。王都でも感心されたしね」

私は自信たっぷりに胸を張ります。刺繍の腕はローテンハウプト王国でも最上位だと自負しています。かわいい妹のために、最高の刺繍を施しましょう。

母さんが光沢のある美しい赤色の布を机に広げます。領地での伝統の花嫁衣裳は赤なのです。

「えーっと、どんな刺繍にするの？」

私が聞くと母さんがハタと動きを止める。

「ミリーに聞くのを忘れていたわ。わたくしとしたことが……」

私と母さんはしばらく顔を見合わせます。そして、ふと思いついて
「魔牛じゃない」

私と母さんの声がそろいます。

「きっと魔牛になると思うけど。念のため王都に早馬を出して聞いてみましょう」

アル様が、何かあったときのために、早馬を置いていってくださったのです。

母さんは衣装の図案を紙に書き散らします。私は隣で、魔牛の刺繍案を書いています。大事な妹の花嫁衣裳を考える、これほど心躍る時間はありません。私と母さんは、父さんが心配して探しにくるまで夢中になって過ごしました。

29. 馬の骨令嬢

Lady throwing stones

ローテンハウプト王国の社交界は蜂《はち》の巣をつついたような大騒ぎです。あの麗《うるわ》しのアルフレッド王弟殿下が、どこの馬の骨とも知れぬ男爵令嬢と婚約したというではありませんか。しかも、殿下が婚約のために、その令嬢の領地を訪問されているだなんて。

各貴族家で催される茶会や夜会は、どこも大盛況です。話題の中心は常にアルフレッド殿下と馬の骨令嬢です。

「それで、アリシア様。馬の骨令嬢について、何か情報は集まりまして？」

夜会に着くと早速、高位貴族のご婦人方に取り囲まれます。

「それが、ちっとも集まりませんのよ。歯がゆいですわ。もちろん馬の骨令嬢の同級生に探りはいれておりますのよ。ですが、皆さま口がかたくて……」

「んまあ」

貴族夫人たちがハンカチをギリギリと絞《しぼ》りながら憤慨《ふんがい》しています。

「王家から緘口令《かんこうれい》が出ているというウワサですわね」

「ではやはり、王家も了承済みということかしら。まさか、王弟が男爵令嬢と？　そんなことってあり得ますかしら？」

「貴族社会を揺るがす、由々《ゆゆ》しき事態ですわ」

貴族夫人たちが渋い顔をしてお互いを見合います。

「そうですわ、なんのための身分社会だというのでしょう。王族の相手は他国の王族もしくは、自国の公爵令嬢が相場ですわよ」

「その通りですわ。百歩譲って侯爵令嬢ですわね。それが男爵家の馬の骨だなんて」

「王家自ら伝統をないがしろにするだなんて……」

「王家は我々の忠誠心にあぐらをかきすぎではありませんこと?」

「……それは少し不敬が過ぎますわ」

ひとりの貴族夫人が小声でたしなめました。

「あら、ほほほほほ。失礼いたしましたわ。わたくし、王家の名誉が傷つかぬか心配しておりますのよ」

「それはわたくしも同意見ですわ。馬の骨令嬢のせいで、王家の威信が失墜しては……」

「ひいては、ローテンハウプト王国の弱みと他国に受け止められかねませんわ」

「最悪の場合は侵略……」

高位貴族夫人たちの意見がひとつにまとまった。

「王家、そして王国と民のためにも、わたくしたちは見極めねばなりません」

「ええ、そうですわ。馬の骨令嬢が真に王弟殿下の伴侶《はんりょ》にふさわしいか否か」

「見定めましょう。じっくりと」

「まもなく殿下と馬の骨令嬢が王都に戻るそうですわ」

「みなさま、覚悟はよろしくて?」

「ええ、もちろんですわ」

他者をあげつらうことにかけては天賦《てんぷ》の才を持っている貴族夫人たちが、ミュリエルの到着を舌なめずりしながら待ち構えている。

「がんばれ、ミリー! 負けるなミリー! アルフレッド殿下、しっかりミリーを守ってー」

そしらぬ顔で情報を集めているミュリエルの級友たちは、ミュリエルとアルフレッド殿下に心の中で声援を送る。

30. 自重しない王弟殿下

ミリーはまた馬車の中で寝てしまった。馬車の揺れがミリーにはちょうどいいようだ。ミリーの頭を僕の胸にもたせかけて、肩を抱く。柔らかい髪を、起こさないようにそうっと手ですく。

ひとまず書面上は夫婦になった。王弟である僕が、女辺境伯であるミリーに婿《むこ》入りした形を取っている。さて、これでどこまで王都のうるさがたを黙らせられるだろう。

ミリーが好きな白鳥。白鳥は同じつがいで一生を共にするらしい。二年か三年おきに卵を六個ほど産み、二羽で育て、秋になったら越冬のため暖かい地域に飛んでいく。そして春になったら家族でまた戻ってくるのだ。ミリーにとっての理想の夫婦は、どうやらあの白鳥らしい。ミリーの家族に似ているのかもしれない。

僕たちもあの白鳥のように、力を合わせて子育てしていけるだろうか。まだ子どものことまでは話せてはいないが……。ミリーとの子ども、かわいいだろうな。

そのためにも、つつがなく婚約式、そして結婚式を挙げてしまいたい。セレンティア子爵とも約束したしな。

邪魔するやつらをどう黙らせ、排除すべきか。主だった貴族家の弱みはとっくに握っている。あまり力押しではいきたくないが、いざというときにはためらうまい。僕はミリー以外、何もいらないのだから。

しばらくするとミリーが目覚める。僕と目が合って、少し照れくさそうに笑うミリー。早くこれが毎日続けばいいのに。ミリーが朝起きて、最初に見るのが僕。素晴らしいことではないか。

「あ、ごめん。また寝ちゃってた」

「いいんだ、いくらでも寝て。そういえば聞いてなかったけど、王都についたら王宮で暮らしてもらうのでいいだろうか？　そしたら毎日会えるし」

「え、やだ」

ミリーの言葉に、僕は思わず固まる。ミリーは、しまったという風に手で口をおさえた。

「僕と毎日会うのはイヤ？」

声が震えないよう、気をつける。ミリーはブンブンと首を横に振る。

「そうじゃなくて、王宮に住むのがイヤだ。気をつかうし、なんか場違いだし。居心地悪そうだし」

ミリーの声がだんだん小さくなる。少し肩の力を抜いた。

「となると、以前の家で暮らすつもりなんだね？　護衛をつけることになるけど、それは我慢してくれる？　ミリーはもう、僕の妻だから。誘拐《ゆうかい》される危険があるんだ」

わー、めんどくさーい。ミリーの心の声が手に取るように分かる。ミリーはしばらく葛藤《かっとう》していたようだが、渋々頷《うなず》いた。ミリーには悪いが、これは譲れない。僕の大事なミリーのウワサは、とっくに王都を駆け巡っているだろう。　コンコンと御者席の後ろの壁を叩《たた》く。

「はい、ただちに手配いたします」

御者席から声が聞こえる。誰かが馬で駆けていった。ミリーが王都に着くまでに、下宿先周辺を掃除しなければ。護衛や影が待機する住居も必要だろう。あの家に何人も入れるわけにはいかない。どこか近くに空き家があればいいが、なければ金を払って出てもらうしかないな。

ミリーと近隣住民との仲は良好なようだが、不穏分子が紛《まぎ》れ込んでいないか、常に監視が必要だ。王宮に来てくれれば楽なのだが。いや、ミリーに王宮は似合わない。そんなこと分かっていたはずだ。毎日会いたい思いが強すぎて、気づいてないふりをしただけ。

ミリーと目が合う。優しく微笑《ほほえ》むと安心したみたいだ。僕が気を悪くしていないか、心配だったのだろう。

「なるべくミリーに会いに行くようにするけど、しばらくは時間が取れないかもしれない」

「うん、分かった」

ミリーは気にしていない様子だ。僕はミリーに会えない日があるなんて、もう耐えられないのに。

「学園で意地悪されたら、すぐ護衛に言うんだよ」

「はーい」

そういうことのないように、主だった貴族家には通達するが。自分は例外だと勘違いする者がいるからな。

ゆっくりと馬車が王都に入って行く。ミリーの下宿先の区域に入ると、なんだか様子がおかしい。住民たちが通りに出て、笑っている。ミリーは止める間もなく、窓を開けて身を乗り出した。

「ただいまー」

ミリーの叫び声に、護衛が硬直する。いい、そのまま行け。目で合図する。

「おかえりなさーい、早かったね」

「うまくいったみたいでよかったわね」

「ちょっと、殿下もいらっしゃるのよ」

「あっ」

それからは微妙な空気になった。ミリーは気にせず手を振っている。

「みんな、なんで今日着くって知ってるんだろう」

ミリーが振り返って僕に問いかける。

「それは……マチルダに、ミリーが帰るって知らせたから」

嘘はついていない。言ってないことがあるだけ。ミリーは無邪気に笑っている。

ソワソワする住民に見守られながら、家の前に着く。護衛がさっとドアを開けると、僕は素早く外に出てミリーに手を伸ばす。飛び降りようとしていたミリーは、あっという顔をして僕を見る。

「ミリー」

思わず、ミリーの腰を両手で持って、抱き上げてしまった。ミリーは目を丸くして何が起こったか分からないみたい。そのまま、ギュッと横抱きにする。周りから、キャーという声が上がった。

「妻と新しい家に入るときは、こうするのがしきたりだから。本当は王宮でやりたかったけどね」

そう言ってミリーの額《ひたい》にキスを落とす。ミリーは真《ま》っ赤《か》になって、僕の胸に顔を埋《うず》めた。

周囲の若い女性がバタバタと倒れている。少し刺激が強かっただろうか。そうだな、いい機会だ。

住民を味方につけよう。

「聞いてくれ」

住民に語りかけると、皆が慌《あわ》てて跪《ひざまず》いた。

「ミリーは私の妻だ。だが、ミリーがミリーらしくいるために、しばらくここで暮らす。護衛はつけるが、心配だ。もし、不審な人物を見かけたら、すぐに護衛に伝えてくれ。遠慮はいらない。ミリーの安全が一番大事だから」

住民は何度も頷いている。これで少しは安心だな。ミリーはそっと顔を上げ、皆を見る。ミリーの顔がほころび、見守る人々もほっとした顔になる。

まだ赤いミリーの頰《ほお》にもう一度キスをし、ゆっくりと家の中に入った。一刻も早く、ふたりで暮らしたい、そう願いながら。

31. 魔牛お姉さん

Lady throwing stones

「ただいま～」

ミュリエルがしれ～っと教室に入ると、一瞬の沈黙ののち、狂喜乱舞の大騒ぎになった。

「ギャーなんでー、お帰りー」

イローナがミュリエルに飛びつき、号泣する。

男子や女子から次々肩や背中を叩かれ、髪をもみくちゃにされた。

「どうしたの、なんで？　婚約がまさか……」

「あーそれは大丈夫なんだけど、書類が色々あって大変みたいだから戻ってきた。こっちで式あげるし」

イローナが号泣しながらホッとするという、器用なことをしている。

「式って結婚式だよね、いつ？」

「えー知らないけど。全部アルに任せてるから」

女生徒たちが興味津々といった様子でミュリエルに詰め寄る。

「あのー、念の為聞くけど、ミリーの婚約者ってさあ……」

「あの、アのつく最上位の人なんだよね？」

「うん、そうだけど」

女生徒は目を爛々とさせてさらに食いつく。

「その、アの人とはさあ、どうやって知り合ったの?」

「森で猪に襲われかけたところを助けたんだよ」

「あ、ありがと。全く、ぜんっっぜん参考にならなかったわ」

「ですよねー」

女生徒はガックリ肩を落としている。

「ところで、なんでさっきから、あの人って言ってんの?」

「えーっと、それは学園に箝口令が敷かれてるから」

他の女生徒がコソコソっと教えてくれた。

「あ、そうなんだ。へー」

「クリス先生からも、ミリーのことは他の組には絶対内緒ってしつこく言われたよ」

「そっか」

皆が心配そうにミュリエルを見つめる。

「なのに、学園に来ちゃって大丈夫? 黙ってるけど、みんな薄々知ってるよ。注目の的になっちゃうよ」

「え、そうなの?」

「そりゃ、アの人の相手が同じ学園にいるとなったら、見に行くよね」

女生徒たちは顔を見合わせて頷き合う。

「うん。王族であの美貌で二十五歳で婚約者がいなかったんだよ。貴族女性は全員アの人を狙ってたと言っても過言ではない」

「うえっ」

「一体どんな美人が射止めたんだってなるじゃん」

「げえっ」

「しかも田舎の男爵令嬢でしょう、よっぽどの見た目じゃないと納得できないじゃない」

「ううう。もう家に帰ろうかな」

「ミリー、もう手遅れ」

「ぎゃっ」

通路側の窓には女生徒が鈴なりだ。組の生徒が慌ててミリーを囲む。

「どうする?」

生徒たちが顔を見合わせる。後ろから涼やかな声がした。

「失礼ですけど。ミュリエル・ゴンザーラさんってあなた?」

「ひっ」

ベッピンなお姉さんがキター。しかもすごい、いっぱい。

高位貴族の風格をビシビシ放って、お姉さんたちは囲いを突破する。

「まあ……」

「ウワサには聞いていましたけれど……本当でしたのね」

お姉さんたちはヒソヒソ言い合う。

「パッとしないわ」

「平凡だわ。記憶に残らない顔だわ」

ミュリエルの顔をしげしげと色んな角度から見るお姉さんたち。

「でも……魅了の魔力があるわけでもないのよね？」

「そのはずよ。例の件から、王家はピリピリしていますもの」

「まさか、ふたり続けて魔女にやられるほど、マヌケではないはずですわ」

「言葉が過ぎますわよ」

お姉さんが小声でたしなめる。

「あら、ホホホホ」

「特に肉体的魅力があるわけでもないですわね」

お姉さんたちに胸のあたりをジロジロ見られる。もう、寄せて上げるアレはつけていないので、お姉さんたちの視線はミュリエルの心臓にじかに届く。

「グフッ」

ミュリエルは手で胸を押さえた。

「いったいどういうことなのかしら。理解ができませんわ」

「ねえ、あなた。いったい全体、アの人はあなたのどこがよかったのかしら？」

「……分かりません」

ミュリエルはうつむいた。

「あら、素直でよろしくてよ」

「そうですわよねえ、分からないですわよねぇ」

「わたくしたちも分からないのですわ」

ミュリエルとお姉さんたちが一斉に首をかしげる。

「わたくし、両親に相談してみますわ」

「わたくしもそうしますわ」

お姉さんたちの息はピッタリだ。

「では、皆さまそろそろ……」

「ええ、そうですわね。ではあなた、ごきげんよう」

お姉さんたちは嵐のように去っていった。

「ミ、ミリー大丈夫?」

「ごめんね、何もできなかった」

皆がオロオロとしながら謝ってくれる。

「仕方ないよ。あれはどうしようもないよ。魔牛の群れより迫力あったもん」

「魔牛……」

「あ、そういえば、みんなにお土産持ってきたんだ。魔牛の塩漬け燻製棒」

ミュリエルはカバンから包みを取り出すと、皆に魔牛塩漬け燻製棒を渡す。

「……魔牛っておいしいの？」

みな、おっかなびっくり指の先でつまんで、しげしげと見つめる。

「うん、いつまで噛んでもなくならない。歯が生え始めて、歯茎がかゆい幼児に最適だよね」

「俺たち十五歳……」

みんなは勇気を出して、魔牛棒を口に入れた。

「うっ、全然嚙み切れない」

「アゴが痛くなってきた」

「味は……塩味だな」

「おい、何やってるんだ？　授業始まるぞ」

クリス先生が教室に入ってきた。

「あ、クリス先生、お久しぶりです。これ、お土産の魔牛棒です」

ミュリエルは満面の笑顔でお土産を渡す。

「あ、ありがとう。……後で食べるよ」

皆の様子を見て、クリス先生は賢明な判断をした。

「ところでミリー。学園に来て大丈夫なのか？　イジメられるぞ」

クリス先生が心配そうな顔で言った。

「もう魔牛お姉さんたちの洗礼は受けました。すごい上品にけなされました。すご腕です。私もあの腕を身につけたいです」

「……何を言われたかは聞かんが、ミリーには無理だと思うぞ。人には向き不向きがあるからな。ミリーはミリーの強みを活かせ」

「石ですねっ」

「あ、ああ。そうだな」

ミュリエルは授業を聞き流しながら、いかに魔牛お姉さんたちと戦うかを考える。

殺しちゃまずいからねえ。顔に傷つけてもダメだし。近づいたときに小さい石を転がして、倒すか。いや、あんな華奢な体だと、転んだだけで骨が折れるかもしれない。

粉じんを目にかけるか。ダメだ、失明させてどうする。

ミュリエルはじっと考え続けた。

32. 石は領地の宝です

Lady throwing stones

「あれ、今日も来たの？　学園休むんじゃなかったの？」

学園に着いて窓際の席に座ると、生徒たちに怪訝《けげん》そうな顔で聞かれた。

「うーん、考えたんだけどさあ。結局いつまでもコレは続くんだよね？　アルと結婚するってことはそういうことでしょう？　この前、ラグザル王国の王女さまに罵倒《ばとう》されたんだけどさー」

「わー」

「ギャー」

「ごほっゲホッ」

突然、みなが奇声を発する。

「ど、どうしたのみんな、急に……」

「ミリー、それ国家機密だから。そういう外交上のあれこれは学園では言わないで。ていうか、どこでも言わないで。分かった？」

「分かった」

ミュリエルは神妙な顔で頷《うなず》く。

「まあ、とにかくね、ずっと言われ続けるんだったら、逃げても仕方ないじゃない。ネズミと一緒だよ。じゃんじゃんヤらないと、あいつらすぐ増えるから。見つけたらその場で殲滅《せんめつ》が基本なんだよね」

「う、うん……」

話が物騒な方向に進んできたぞ。

「あのー、ミリー。ヤっちゃダメだよ」

「大丈夫《だいじょうぶ》、昨日いい方法思いついたんだよねー」

ミユリエルは得意げにフフーンと言った。

「え、なになに？」

「今から見せてあげる」

ミユリエルはサッと目配せした。

「ごきげんよう。少しいいかしら？」

「おはようございます。魔牛お姉さんたち」

ミユリエルが淑女《しゅくじょ》の笑みで迎える。

「……マギューお姉さんとは何かしら？」

「最高のお姉さんってことです」

「あら、かわいらしいところがあるわね、あなた」

ほほほと、魔牛お姉さんたちは笑う。

「昨日ね、両親にあなたのことを聞いてきたのよ」

「わたくしもですわ」

「そうしたら、両親が青ざめてしまいましたの」

「うちもですわ。ブルブル震えておりましたわ」

魔牛お姉さんたちまでブルブルしている。

「アの人が、貴族界に通達をお出しになっているそうですわ」

「あなたに何かすると、一族郎党皆殺しだそうですわ」

「お家取り潰しどころではありませんでしたわ」

「恐ろしいですわ」

「ですので、わたくしたち、ただあなたとお話しにきたのですわ」

「これは何かではありませんわ。社交ですのよ。よろしくて？」

「はい」

ミュリエルはニッコリと微笑んだ。

「まあ、素直でいいではありませんか。わたくし素直な子は好きでしてよ」

魔牛お姉さんたちはご満悦だ。

「それでね、教えていただきたいのよ。どうやってアの人の心をとらえたのか」

「それは……コチラです」

ミュリエルはガラス玉の腕輪を机の上に置いた。

「このガラス玉で、ヨアヒム」

「わー」

「キャー」

組の生徒が大声でミュリエルの発言をもみ消す。

「このガラス玉でヨの人を、魔女の洗脳から解いたのです。それがきっかけでアルに気に入られました」

ゴクリ　魔牛お姉さんたちはガラス玉の腕輪に釘づけだ。

「あ、あの、手にとってみてもよろしいかしら？」

「どうぞどうぞ」

「これが……ヨの人を救ったウワサの品。そしてアの人に注目されたきっかけ……」

「これ、売っていただくわけにはいかないかしら？　いくらでも払うわ」

魔牛お姉さんは必死の形相《ぎょうそう》でミュリエルに迫る。

「これは家宝ですので売るわけにはいかないのですが。……領地の石で作ったこちらならお売りできます」

ミュリエルはザラリとたくさんの石の腕輪を並べた。色とりどりの石で、素朴ながらなかなかの出来だ。

はうっ　魔牛お姉さんたちが息を止める。

「いくらですの？」

「ぎん……」

「金貨二枚ですわ」

サッとイローナがミュリエルの横に立った。慎ましやかな微笑みを浮かべている。

「いただくわ！」

あっという間に腕輪が消え、机の上に金貨が積まれた。

「ありがとう。あの、ミリーさまとお呼びしてもいいかしら？」

「あ、ミリーでお願いします」

ミュリエルは元気に言った。

「まあ、ほほほ。では、ミリー。これからもよろしくお願いしますわ」

「困ったことがあったら、いつでも言ってくださいな」

「誰かに何かされたら、言いなさい。守ってあげるわ」

魔牛お姉さんたちは上機嫌で出ていった。

パチパチパチパチ　誰からともなく拍手が起こった。

「金貨二枚って……」

ミュリエルは呆然《ぼうぜん》とする。領地では、行商人に銅貨三枚で売っていたのだ。

「ミリー、これは売れるわ。あとどれくらい残ってる？」

「もうあと二個ぐらい家にあったかも」

「領地にならあるの？」

「うん。ばあさんたちが、冬の手仕事で作るんだよね。王都で売ってきてって頼まれたんだ。まだ少しはあるんじゃないかなー」

「ミリー、大事なことだから、詳しく教えて。原材料の仕入れから、完成までの工程全てを」

ミュリエルが行ったり来たりグルグルうろうろしながら、腕輪作りの工程を説明する。イローナは的確に質問しながら、色々書き留める。

「なるほどね。領地に石はいくらでも転がってるのね。その中から、いい気を放つ石だけを選んでいると。……その部分は引き続き領地でやってもらいましょう。後の工程は全てうちで引き受けるわ」

「えっ」

ミュリエルは驚いてイローナをまじまじと見つめる。

「研磨《けんま》はともかくとして、穴あけに時間がかかるんだよね？　錐《きり》で手作業で開けてたら、そりゃあ時間かかるよ。大丈夫、うちでは真珠の首飾りも売ってるから。穴あけ用の道具があるのよ。少し調整すれば大丈夫なはずよ」

「はわあー」

なんてデキル女なの、イローナ。ミュリエルはうっとりとした。今まで領地で地道にやっていた作業はなんだったのか。

「運搬費用、加工料、王都での販売委託料ってことで、腕輪ひとつにつき、金貨一枚もらいたいわ。ミリーの領地には原材料費として、腕輪ひとつ分の石に対して、金貨一枚を支払うわ。つまりは折半《せっぱん》ね」

「えええー、それってうちが貰いすぎじゃない？」

さすがにボッタくりすぎではと心配になる。

「なに言ってんのよ。ミリーの領地の石だから価値があるんでしょう。アの人を落としたという箔《はく》がつくから、売れるんじゃないの。その辺の石なら売れないもの」

「えーっと、その辺の石を、うちの領地の石だって言えばよくない？」

ズズズっとイローナがミュリエルに顔を近づける。

「ミリー、よく覚えておいて。産地偽装はダメ、絶対。いつか必ずバレるの。そしてバレたらうちはおしまい。廃業よ。商売の鉄則よ。どれほど儲けが増えようが、産地偽装には手を出さない」

「そっか、分かった」

ミュリエルはイローナの迫力にビビりながら、絶対ダメと心に刻む。

「任せておいて、父に頼んで至急手配してもらうわ」

バーン　扉が開いた。

「話は聞かせてもらった！　パッパに任せなさい」

「パッパ……」

ミリーは丸くて光るおじさんを見て目が点になる。

「ちょっとー、なんで学園にいるのよー」

「パッパはな、昔から嗅覚が優れているのだ。うまい商売のタネが転がっていると、なぜかそこに呼ばれるんだ」

パッパはにこやかな笑顔を浮かべてミュリエルの席までくる。

「ミリーさんですね。娘がいつもお世話になってます。どうぞ、丸っと我が社にお任せください。一緒に大儲けいたしましょう」

「あ、はい。よろしくお願いします」

パッパはぐいぐい近寄ると、ミュリエルの手を握ってブンブン振った。

「それでですな。安い靴『イリー』を開発しました。試作品を領地にお持ちしますので、使用感を教えていただきたいのですよ。試作品ですので、もちろん無料で提供させていただきます」

「あ、ありがとうございます」

「ちなみにコレなんですよ」

いくつかの靴が並べられる。

「一番安いのがコチラです。暑い夏にむいていますな。イリー商品群の中で、イリンダルとして売り出そうかと」

靴底に二本の革ひもがついているだけの、単純な作りだ。

「ただこれですと、あまり靴っぽく見えないという難点があります」

「確かに、これなら裸足《はだし》でいいような気がします。でも夏にはピッタリですね」

「もう少し革ひもを増やして、足の見える面積を減らしたのがコチラです。費用は上がりますが、強度も上がりますし、何よりオシャレですな。イリディエーターと名づけます」

足が革ひもでグルグル巻きにされるような感じだ。とてもカッコイイ。

「足の裏が疲れないように、イリディエーターの底裏に鉄びょうを打ったのがコチラです」

踏まれたら痛そうだ。山を歩くときにいいかもしれない。

「という塩梅で、いくつか種類があります。忌憚《きたん》のない意見を聞きたいのです。石を取りに行く際に、ご領主様にお渡ししてきます」

「お願いします」

いきなり、領地に産業ができた。産石国として儲かりそうな気配である。ミュリエルはお金の匂いにニンマリした。

33. イイ男

Lady throwing stones

「ちょっとー、すっごいイイ男が来たーーーー」

城壁の上から女が叫ぶ。

一瞬で領地中の女が城壁に駆け上る。

「ほら、あそこ！」

長い金髪を風になびかせ、領地では見たことのない煌《きら》びやかな衣装に身を包んだ、伊達男《だておとこ》。

ブーッ　ひとりの女が鼻血を噴《ふ》いた。

色男は、荷馬車の御者台から城壁を見上げると、輝く笑顔を向ける。

ブブーッ　三人の女が鼻血を出す。

「やあ、お姉さんたち。ミリーさまのお遣いで王都から来ました。ご領主様にお取り次ぎいただけますか？」

「はわはわはひぃいいい」

女たちは腰が抜けて動けない。

「ボクが行ってくるー」

少年がニコニコしながら駆けて行った。

女たちに取り囲まれながら、三台の荷馬車はゆるゆると城壁内を進む。

屋敷から、ロバートが慌てて出てきた。

「なっ」

ロバートは絶句する。なんだこの美形は、まるで王都で見た役者みたいじゃないか。アルも美しかったが、この男はなんというか……。色気がすごい。ばあさん連中まで顔が真っ赤《まっか》だ。

魔物のたぐいではあるまいな。ロバートは警戒する。

「初めまして。ドミニク・サイフリッドです。妹のイローナは、ミリー様の友人です。こちら、ミリー様からの手紙です」

ロバートはまだ警戒したまま手紙を広げる。

父さん
　ドミニクさんの言う通りにして。
めっちゃ儲かるから。
ミリー

これだけ……？　ロバートは念の為、裏側も見たが何も書いてない。

これではなんのことかサッパリ分からんぞ、ミリー。ロバートは冷静を装いつつ、忙しくあれこれ考える。

「ま、まあ。ここではなんですから、屋敷にお入りください」

ゴミ捨て場に舞い降りた蝶のようなドミニクを見て、ロバートは早急に屋敷を改築することに決めた。

こんな美形がこれからも来るんだろう、きっと……。胃がもつかな。ロバートはそっと腹に手を置いた。

ドミニクはにこやかに石の腕輪を出した。

「こちらが王都で大人気です。今、予約が三百件以上入っております」

「ええっ」

「ひとつ金貨二枚で売ります。ひとつにつき、金貨一枚を我が社の取り分とさせていただきたく。その代わり、輸送、加工、販売は私どもで行います。こちらのご領地では、腕輪にふさわしい石をご準備いただきたい」

ドサッ　ドミニクは金貨の入った袋を机に置く。

「腕輪ひとつ分の石につき、金貨一枚お支払いします。とりあえず、こちらは予約分の金貨です。お納めください」

ロバートはドミニクと金貨袋を交互に見る。

「そんなうまい話がありますか？」

「ミリー様の価値がそれほど高いということです。アルフレッド王弟殿下を陥落《かんらく》させた女性ですよ。王都中がその挙動を注視しています。これからは、ミリー様が流行の発信源となられるのです」

ドミニクが蠱惑《こわく》的な笑みを浮かべる。

「ミリー様の領地と取引きできるのなら、赤字でも全く損ではありません。私が専任となり、こちらに通わせていただきます」

「それは、女どもが大騒ぎになりそうだ」

ロバートは苦笑する。

「そして、こちらはイリーという靴の新商品です。試作品ですので、もちろん無料です。履き心地、ご要望など、ぜひ領民の皆さまから聞かせていただきたく。もちろん聞き取り調査は私どもでいたします」

ドミニクが木箱からいくつか靴を出して見せる。

「それは、本当にありがたいな。ちょうど靴の追加購入を考えていたところなのだ」

「それはもう必要ございません。今後は我が社の商品をお持ちいたしますよ。冬用の靴もお持ちしましたので、お使いくださいい」

「しかし、これらは試作品ではないのでは？　もらう理由がない」

「ミリー様のご実家で人気の靴という触れ込みが欲しいのです。それだけで全国で飛ぶように売れます」

ドミニクは考え深げに続ける。

「今後、有象無象《うぞうむぞう》が領地に群がるでしょう。中には悪どい商人もいるはずです。いかがでしょう、こちらへの商品の流入は全て我が社にお任せいただけませんか？　専属商人としての地位をいただければ、今までより必ずお安く納品いたします」

「それは……弟のギルバートの意見も聞かないと判断できない」

「もちろんでございます。細部まで詰めて、きちんと契約書を交わしましょう」

数時間に及ぶ話し合いで、ロバートとギルバートは抜け殻になった。

ドミニクはツヤツヤぴちぴちしている。

やはり、王都は魔物だらけだな、ロバートは思った。

＊　＊　＊

「お姉さんたち、どうですか？　石は集まりそうですか？」

「任せなさい、徹夜で集めてみせるよ」

「それはいけません。睡眠は大事です。お姉さんたちの美貌《びぼう》にさわりがあるといけない。きちんと休息を取ってくださいね」

とろけるような笑顔で優しくさとされ、ツツーッと鼻血が流れる。

「はははははいいいいいい」

「ちょいとあんたたち、子どもの面倒も見ないで何やってんの。石ばっかり探してないで、家のこともやんなよ」

「それは、すみません。私の不手際です。ぜひ家に帰ってください。そうですね、石拾いは一日一時間にしませんか。別の仕事もあるのでしょう？　ロバート様にご相談しますね」

ドミニクは優しく続ける。

「さあ、今日のところは十分ですから、皆さんどうかお帰りください」

ドミニクはロバートと話し合った。石拾いを誰がどれぐらいするか、家族で決めてもらうことにした。他に仕事がない子どもは長く働くなど、各家庭で融通《ゆうづう》をきかせればいい。一時間あたり銅貨八枚の賃金を支払うことになった。賃金はロバートの取り分から支払う。

「あんたさあ、ドミニクさまの顔に見惚《みと》れてばっかで、手が動いてないじゃないか。アタシはもう鍋いっぱい石拾ったのに。同じ賃金じゃあ、割が合わないね」

「なるほど、私の詰めが甘かったですね。少し調整しますね」

ドミニクは再度ロバートと話す。集めた石の量によって、賃金に差をつけることになった。

「ちょいと、あんたたち。砂利《じゃり》ばっかり集めてんじゃないよ。こんなの使い物になんないだろ」

ズルをした子どもたちがヒッと肩をすくめる。

石に詳しいばあさんたちが集められた。いい石の見分け方講座が開かれる。

「見るんじゃない、感じるんだ」

「ええー、意味分かんなーい」

「石の声を聞け」

「なんだそれー」

「いい石ってのはこれじゃ。温かい何かを感じるだろう?」

「……確かに」

石拾いする人に、見本の石が渡されるようになった。それより小さいのはダメ。それより質が悪いのもダメ。基準が明確になった。

「次から次へと何かが起こるな……」

ロバートはげっそりしている。

「新しいことを始めるときは、こういうものですよ。試して失敗して改善して、それの繰り返しです」

「うんざりしないのか?」

「むしろワクワクします。少しずつ、目標に向かって進んで行く感じが好きなんです」

「へー……。すごいな」

ロバートは珍獣を見るような目でドミニクを眺める。一流の商家の息子ってのは顔だけじゃ務まらないんだな。ロバートの中で、ドミニクの評価は右肩上がりだ。

コイツとならうまくやっていけそうだ。ロバートは確信した。

34. パッパのお茶会(書き下ろし短編)

イローナの家族は皆やり手の商人だ。正確に言うと、イローナの母ミランダは商人ではなく、広告塔だが。

イローナの父、通称パッパ。パッパが商才は無論のこと、必要なときに、大事な場面に居合わせる天賦《てんぷ》の才を持っている。金をキレイに使って、経済を回しているので、福の神に愛されているのかもしれない。

パッパは、見た目がフクフクとかわいらしい。若い時は美男子だったと言い張っている。今はモフモフ動物の範疇《はんちゅう》かもしれない。いつもパリッと最先端の服を身につけ、ニコニコしているパッパは、誰の懐にもスッと入っていける。

イローナの母ミランダは、泣く子も見惚《みと》れる美女だ。美の概念を体現したのがミランダだと、パッパは公言している。

元美男子のパッパと、現役の美の巨匠であるミランダ。その二人の子どもは、当たり前に美形である。

長男のジャスティンは、苦労性の調整役。好き勝手動く家族のまとめ役だ。

次男のデイヴィッドは、顔がミランダそっくりで美しすぎるため、普通の生活が難しい。

三男のドミニクは、人たらし。適度な美貌を活かし、老若男女を手のひらで転がしている。

そんな美形三兄弟の下に産まれたイローナ。家族から溺愛《できあい》されまくっている。


「うわーん、男の子たちにブスって言われたー」

幼いイローナが、近所のガキにからかわれたときは、家族全員が真顔になった。美形の真顔は怖い。恐ろしい集団が公園に集合し、犯人は誰だと睥睨《へいげい》する。公園は恐怖に包まれ、子どもたちはチビった。

それ以来イローナは、子どもたちから遠巻きに見つめられるようになる。遊びの輪に入れてもらっても、どことなく空気がかたい。

イローナは幼いながらに、家族に告げ口するのはやめようと決意した。


イローナが少し大きくなると、イローナは伝書鳩となった。毎日毎日、来る日も来る日も、兄への恋文を託される。

「もう、いい加減にしてー」

そう思うが、言えない。言ったらまたひとりぼっちだ。誰とも遊べなくなってしまう。

友だちと言える子はいない。イローナの服を見て嫉妬する子。イローナのオモチャ目当ての子。イローナを兄への郵便配達人扱いする子。そのどれかだ。

「寂しくなんかないもん」

イローナはベッドの中で強がりを言って、こっそり泣く。口にしたら、寂しさを実感してしまうではないか。

もちろん家族はずっとイローナを見守りながら、心配し続けている。子どものケンカに、家族が総出で介入してはいけないことも、もう学んでいる。

だから、イローナの口から、友だちのミリーという言葉が出たとき、家族はこっそり祝杯をあげた。

記念のカフェには、イローナ専用の個室ができた。いつイローナがミュリエルとお茶をしたいと思っても、準備は完璧に整えられている。

初めて、ミュリエルがイローナの部屋に入ったとき、家族は隣室から聞き耳を立てた。パッパはどこからか聴診器を取り出した。聴診器は取り合いになり、順番に回された。

「ミリー様が、いつまでもイローナのそばにいてくれますように」

家族の願いはしかし、しばらくして粉々に打ち砕かれた。

「なんということだ。まさかミリー様がアルフレッド殿下を射止められるなんて」

「仕留めたわけではないのよね？　石投げの達人なのでしょう？」

家族は顔を見合わせた。

「もっと情報が必要だな」

家族は精力的にミュリエルの情報を集める。

そんな中、逆にパッパたちも探りを入れられた。なんといっても、イローナはミュリエルの親友なのだから。

そんなわけで、パッパは五人のばあさんに囲まれている。いや、ばあさんではなかった。老貴婦人であった。

今まで取引のなかった高位貴族の、ご隠居方。社交界を裏から牛耳《ぎゅうじ》っていると、もっぱらのウワサだ。

ひとり目の老貴婦人が口を開いた。淡々と、独り言のように、ポツリと言葉を落とす。

「どんな女なのかしらね」

「強い女性です」

「そう」

老貴婦人はそのまま目を閉じてしまった。寝てしまったのだろうか。心配になるぐらいの静けさだ。まさか、儚くなられたわけでは。パッパは少しだけ耳をすます。息が聞こえたので、黙って次の言葉を待つ。

そういえば、あのときヘビに睨まれたときも、こんな緊張感だったな。パッパはある暑い国に行ったときのことを思い出した。

うだるような暑さの国だった。人々は色鮮やかな布を体に巻き付け、ジャラジャラとたくさんの装飾品をつけている。首飾り、腕輪、耳飾り、鼻から耳に連なる鎖。

いつでも夜逃げができるように、全財産を身にまとっているのだろうか。重そうだ、パッパは思う。

市場は猥雑で活気がある。屋台ではなく、地面に布を敷いて商品を置いている人も多い。パッパは浮き立つ気分で、色んな売り場を見て歩いた。

ふと、不思議な音色を耳にした。引き寄せられるように近づくと、ツボを前に男が笛を吹いている。するとどうだ、ウネウネとツボの中からヘビが顔を出したではないか。パッパが息をのんで見ている中、ヘビは笛の音色に合わせて、クネクネと体を動かす。

「ヘビの踊りか、面白いものを見た」

パッパが感心してつぶやいたとき、ガシャンと何かが落ちた音がする。笛の音が一瞬やんだ。

シャッ　ヘビがパッパに向かって襲いかかってきた。

バシッ　護衛がヘビとパッパの間にカバンを入れる。ヘビはカバンに当たって落ちた。

笛の男は慌ててヘビをツボに閉じ込め、ペコペコしている。


「あのときは肝が冷えた」

「何に肝が冷えたのです」

パッパはハッと我に返った。今はお茶会のさなかであった。パッパは、控え目に異国での体験を話す。

「危《あや》うくヘビに噛《か》まれるところでした。毒牙は抜いていると思うのですが、あの速さは私では防げませんでした。優秀な護衛がいてよかったです」

パッパはふとイローナの話を思い出した。

「例のお方は狩りがお上手だそうですよ。あのお方なら、ヘビが襲いかかっても、ヘビの首根っこをつかんで、ことなきを得るのではないかと」

「まさかそんな」

老貴婦人は冷笑を浮かべた。

「飛んでいる鳥を、石で仕留める腕をお持ちだそうですよ」

部屋をまた沈黙が満たす。パッパはつい、暑い国の市場に思いを巡らせる。

不思議な動物がたくさんいたのだった。荷馬車より大きな灰色のゾウ。あまりの大きさに腰を抜かしそうになったな。巨体からは想像もつかないが、意外とおとなしく、人が乗ることもできるらしい。

パッパも話のタネに試しに乗せてもらおうかと近づいたのだ。すると何かが気に障ったのか、ゾウは両前足を持ち上げて、パオーンと鳴いた。

パッパは頭が真っ白になって棒立ちになった。幸い、護衛がすぐにパッパを抱えて逃げてくれた。

「危うく踏み潰されるところだった」

「何に踏み潰されるというのです」

パッパは慌てて、問いかけた老貴婦人の方を向く。

「その国にはゾウという巨大な生き物がいるのです。このお部屋ぐらいの大きさもある灰色の動物です。そのゾウにもう少しで踏まれそうになりまして」

「まあ」

老貴婦人たちの顔がこわばる。

「護衛が助けてくれたので、こうして生きております」

パッパは両腕を広げてみせた。パッパはふっと笑顔になる。

「かのご令嬢なら、なんなくゾウに飛び乗って、ゾウを鎮めたのではないでしょうか」

「まさかそんな」

老貴婦人は懐疑的な表情を浮かべる。

「教室の窓から、外の木に飛び移り、スルスルと下まで降りたそうですよ。そしてまた登ってきて、木から教室に入ったとか。身のこなしがたいそう軽いのだそうです」

部屋がまた静かになった。それほど張り詰めた雰囲気ではない。あの恐ろしい生き物と対峙《たいじ》したときに比べれば。

ゾウからなんとか逃げ出したあと、パッパは別の動物に出会ったのだ。それが檻の中に入っていたので、パッパは遠慮なく近づいた。

英雄のような堂々とした風格の立派な獅子《しし》。

「なんと美しい獅子であろうか」

パッパがウットリ見とれていると、急に獅子が咆哮《ほうこう》した。

グウォアーー　パッパのフクフクしたほっぺがブルブル揺れる。

ドテッ　パッパは後ろに尻もちをついた。


「吠えられただけで、気絶しそうになった」

「何に吠えられたというのです」

パッパはまたしてもやってしまった。今日は思考が飛んでいってしまう。いったいどうしたことだ。パッパは額の汗をハンカチでぬぐうと、恐ろしい瞬間を、身振り手振りをまじえて、熱心に説明する。

「檻に入っているから大丈夫《だいじょうぶ》なはずなのに。あの声はいけません。もう思考が停止してしまいました」

パッパは思い出して身震いする。

「でも、殿下の愛するあの方なら、顔色ひとつ変えずに睨み返すのではないでしょうか。いや、それどころか、石を投げて倒してしまうかもしれません」

「そんなまさか」

老貴婦人が鼻で笑った。

「なんでも、かの領地では魔獣が頻繁に出るのだそうです。魔熊や魔牛を、石だけで倒すそうですよ。げんに、学園で馬が暴れて手がつけられなくなったとき、かの方のひと睨みで、馬がおとなしくなったとか。あの女性の眼力で、馬がヘナヘナと崩れ落ちたそうです」

なんとなく、好意的な空気でお茶会が終わった。老貴婦人たちは満足そうに頷き合う。

「本日は、有意義なお話を聞けてよかったですわ」

「勇敢な女性を見てみたいことですこと」

「それほどの剛《ごう》の者なら、殿下をお守りできますね」

「多少のお転婆《てんば》には目をつぶりましょう」

「あなた、次回はオススメの品も持ってきなさい」

その日から、最強令嬢伝説が広まっていく。

その者、荷馬車より大きな獅子の背に立ち、屋敷より大きな魔牛を石で倒し、襲いかかる毒ヘビを素手でつかみ毒牙を引き抜くそうな。

話がごたまぜに、尾ひれがつきまくっている。パッパはウワサを聞いて頭を抱えた。

「まあ、これでミリー様にチンケな嫌がらせをする人はいなくなるか」

まあ、いっか。パッパは聞かなかったことにした。

あとがき

　ドイツの田舎町に住んで、約十年になります。日本で鬼のように働いたあと、アメリカに語学留学し、そこでドイツ人の元夫と出会いました。ドイツで結婚し子どもが生まれたあと、異国での育児に心と体が限界にいきかけたとき、私を生かしてくれたのが、小説家になろうというウェブサイトでした。無料で無数の物語を読める、小説家になろうに救われました。小説家になろうの皆様、作者の皆様、ありがとうございます。

　色々あって、離婚し、なんとか働きながらドイツで生きております。雇止めにあって無職になった時に、小説家になろうに投稿をしたところ、運よくGA文庫の中溝諒さんにお声がけいただけました。プロの編集者ってすごい、目から鱗の日々でした。適切に、的確に私を導き、伴走していただけたこと、心から感謝しております。

　イラストレーターの村上《むらかみ》ゆいちさん、引き受けてくださって、ありがとうございます。もう、これしかない、そう思えるイラストの数々。仕事で疲れた帰りの電車で、いただいたイラストを見て、勇気づけられました。

　そして、この本を手に取ってくださった読者の皆様、小説家になろうでポイントブクマ感想をくださった皆様、心よりお礼を申し上げます。小説家になるという、子どもの頃からの夢が叶いました。人生山あり谷あり、波乱万丈ですが、真面目に生きていれば、いいことがあるなと思います。

最後に、力を貸してくださった元同僚の皆さん、ずっと支えてくれた家族と友人よ、ありがとう。

GAノベル

石投げ令嬢
～婚約破棄してる王子を気絶させたら、王弟殿下が婿入りすることになった～

2023年6月30日　初版第一刷発行

著者　みねバイヤーン

発行人　小川 淳

発行所　SBクリエイティブ株式会社
〒106-0032　東京都港区六本木2-4-5
03-5549-1201　03-5549-1167（編集）

装丁　AFTERGLOW

印刷・製本　中央精版印刷株式会社

ISBN978-4-8156-1935-0
Printed in Japan

ファンレター、作品のご感想をお待ちしております。

〒106-0032　東京都港区六本木 2-4-5
SBクリエイティブ株式会社
GA文庫編集部 気付

「みねバイヤーン先生」係
「村上ゆいち先生」係

本書に関するご意見・ご感想は
下のQRコードよりお寄せください。
※アクセスの際に発生する通信費等はご負担ください。

https://ga.sbcr.jp/

エリス、精霊に祝福された錬金術師2 チート級アイテムでお店経営も冒険も順調です！

著：虎戸リア　画：れんた

GA ノベル

精霊召喚師の少女・エリスが作る斬新なアイテムで、オープンした錬金工房は大盛況。エリスと錬金術師の師匠・ジオは慌ただしくも充実した毎日を送っていた。そこへ噂を聞きつけた皇帝陛下のレガードが、工房を直々に訪ねてきて——

「最近頻発している冒険者襲撃事件を解決してくれないか？」

調査を進める二人は黒幕が〝錬金術を無効化する力〟を持っていることに気付く。

「無効化される前に、体内に効果をつけちゃえばいいんです！」

エリスによって強化ポーションが新たに誕生、全てが解決すると思われたが……。ジオと初めての喧嘩、父に似た男との邂逅——事態は思わぬ方向に進んでいく。それでも精霊たちと一緒なら、エリスはどんな時でも頑張れる！

お店も冒険も楽しむ新米錬金術師のモノづくりファンタジー、第2弾!!